El dulce sabor de la venganza

Lynne Graham

Bianca
HARLEQUIN

Editado por HARLEQUIN IBÉRICA, S.A.
Núñez de Balboa, 56
28001 Madrid

© 2009 Lynne Graham. Todos los derechos reservados.
EL DULCE SABOR DE LA VENGANZA, N.º 1961 - 25.11.09
Título original: The Greek Tycoon's Blackmailed Mistress
Publicada originalmente por Mills & Boon®, Ltd., Londres.

Todos los derechos están reservados incluidos los de reproducción, total o parcial. Esta edición ha sido publicada con permiso de Harlequin Enterprises II BV.
Todos los personajes de este libro son ficticios. Cualquier parecido con alguna persona, viva o muerta, es pura coincidencia.
® Harlequin, logotipo Harlequin y Bianca son marcas registradas por Harlequin Books S.A.
® y ™ son marcas registradas por Harlequin Enterprises Limited y sus filiales, utilizadas con licencia. Las marcas que lleven ® están registradas en la Oficina Española de Patentes y Marcas y en otros países.

I.S.B.N.: 978-84-671-6955-3
Depósito legal: B-35729-2009
Editor responsable: Luis Pugni
Preimpresión y fotomecánica: M.T. Color & Diseño, S.L.
C/. Colquide, 6 portal 2 - 3º H. 28230 Las Rozas (Madrid)
Impresión y encuadernación: LITOGRAFÍA ROSÉS, S.A.
C/. Energía, 11. 08850 Gavá (Barcelona)
Fecha impresion para Argentina: 24.5.10
Distribuidor exclusivo para España: LOGISTA
Distribuidor para México: CODIPLYRSA
Distribuidores para Argentina: interior, BERTRAN, S.A.C. Vélez Sársfield, 1950. Cap. Fed./ Buenos Aires y Gran Buenos Aires, VACCARO SÁNCHEZ y Cía, S.A.
Distribuidor para Chile: DISTRIBUIDORA ALFA, S.A.

Prólogo

ES UNA niña encantadora –dijo Drakon mientras observaba desde la ventana a la pequeña que jugaba en los jardines de la villa de su nieto–. Me recuerda a alguien. No sé exactamente a quién...

Aristandros entrecerró sus oscuros ojos. No dijo nada, aunque había hecho la conexión genética nada más ver a la niña. Habría sido imposible no hacerla: aquel pelo rubio, tan pálido que casi parecía blanco plateado, y aquellos ojos azul jacinto eran como un carné de identidad. El destino había puesto en sus manos un arma increíblemente poderosa, y no iba a tener reparos a la hora de utilizarla para conseguir lo que quería. Aristandros siempre mantenía su conciencia bajo control. Para él no eran aceptables ni el fracaso ni los premios de consolación. Estaba convencido de que triunfaría... y ganar casi siempre implicaba romper las reglas.

–Pero una niña necesita una madre –continuó el anciano Drakon, que a pesar de sus ochenta y dos años se mantenía erguido como una vara–. Y tu especialidad son las...

–Las modelos guapas –concluyó Aristandros por él, consciente de que su abuelo podría haber utilizado un adjetivo más duro para referirse a las mujeres con que salía–. Timon quiso que yo me ocupara de criar a su hija, y pienso hacerlo.

–Timon era tu primo y compañero de juegos, no tu hermano –replicó su abuelo con expresión preocupada–. ¿Estás dispuesto a renunciar a esa hilera de mujeres preciosas y a esas interminables fiestas por el bien de una niña que ni siquiera es tuya?

–Tengo un servicio de fiar y muy eficiente. No creo que el impacto de Calliope en mi vida vaya a ser tan catastrófico –Aristandros nunca había sacrificado nada por nadie, y ni siquiera podía imaginarse a sí mismo haciéndolo. Pero, aunque no estuviera de acuerdo con los puntos de vista de su abuelo, lo respetaba y estaba dispuesto a escucharlo.

Además, pocos hombres tenían más derecho a hablar con franqueza sobre la responsabilidad familiar que Drakon Xenakis. Hacía tiempo que el nombre de la familia era sinónimo de disfunción y escándalos. Drakon se culpaba a sí mismo por el hecho de que sus hijos hubieran fracasado espectacularmente como adultos con sus desastrosos matrimonios, adicciones y aventuras. El padre de Aristandros había sido el peor de todos, y su madre, la heredera de otra familia de armadores, no se había quedado atrás a la hora de dar muestras de su autoindulgencia e irresponsabilidad.

–Si piensas eso, es que estás subestimando la responsabilidad a que te enfrentas. Una niña que ha perdido a sus dos padres necesitará toda tu atención para sentirse segura. Eres un adicto al trabajo, como lo era yo, Aristandros. Se nos da muy bien hacer dinero, pero no somos buenos padres –dijo Drakon, preocupado–. Necesitas encontrar una esposa dispuesta a ser la madre de Callie.

–El matrimonio no es mi estilo –replicó Aristandros.

–El incidente al que te refieres tuvo lugar cuando tenías veinticinco años –se atrevió a comentar Drakon.

La expresión de su nieto se endureció.

—Aquello fue un breve encaprichamiento del que me recuperé rápidamente —replicó con un encogimiento de hombros.

Pero no pudo evitar experimentar una conocida oleada de amargura. Eli. Sólo tenía que pensar en su nombre para sentir rabia. Siete años atrás había puesto precio a la cabeza de la única mujer que había querido, la única mujer que aún no lograba olvidar. Entonces juró que algún día se vengaría por lo que le había hecho. El noviazgo que nunca tuvo lugar... un rechazo impensable. Sin embargo, ¿no le había hecho Eli un favor en algunos sentidos? La decepción y la humillación que experimentó hicieron que Ari no volviera a bajar nunca la guardia ante otra mujer. En lugar de ello se concentró en disfrutar de los beneficios de su fabulosa riqueza mientras se volvía cada vez más duro y ambicioso.

Aparte de hacerle multimillonario, su éxito profesional le había granjeado muchas envidias y enemigos en el mundo de los negocios. La franqueza con que le estaba hablando Drakon era una experiencia rara para Aristandros, cuyos agresivos instintos le hacían ejercer una poderosa y dominante influencia sobre los demás. Muy pronto, Eli también tendría que hacer una hoguera con todos sus nobles principios y prejuicios y ponerse a bailar a su son. El primer sabor de la venganza prometía ser más dulce que la miel.

Capítulo 1

ELI permanecía sentada y muy quieta en la elegante sala de espera.

Sumida en sus inquietantes pensamientos, apenas notó las miradas de admiración que recibía de los hombres que pasaban cerca de ella, algo que casi siempre solía tratar de ignorar. Su pelo rubio, casi albino, hacía que se volvieran las cabezas casi tanto como sus brillantes ojos azules y su esbelta figura.

–¿Doctora Smithson? –dijo la recepcionista–. El señor Barnes la recibirá ahora.

Eli se puso en pie. Bajo su aparente calma, un intenso sentimiento de injusticia le atenazaba el estómago. Sus ruegos habían sido ignorados, al igual que el sentido común. ¿Cuándo decidiría su familia que ya había pagado lo suficiente por la decisión que tomó siete años antes? Empezaba a sentir que sólo su muerte saldaría aquella cuenta.

El señor Barnes, el abogado al que había consultado hacía dos semanas, un hombre delgado y alto de unos cuarenta años experto en casos de custodias infantiles, estrechó su mano y la invitó a sentarse.

–He pedido consejo a los especialistas de esa área de la ley y me temo que no pueden darle la respuesta que quiere. Cuando donó óvulos a su hermana para permitirle tener un hijo firmó un contrato en el que renunciaba a cualquier derecho que pudiera tener sobre éste

–Lo sé, pero ahora que mi hermana y su marido han muerto, supongo que la situación ha cambiado –dijo Eli, que tuvo que controlarse para no mostrar su tensión.

–Pero no necesariamente a su favor –respondió Simon Barnes–. La mujer que da a luz es considerada la madre legal. Aunque usted sea la madre biológica, no puede reclamar la maternidad. Además, no ha tenido contacto con la niña desde que nació, lo que no ayuda en su caso.

–Lo sé –a Eli aún le costaba asimilar que su hermana Susie la hubiera apartado de su vida en cuanto tuvo una hija. Ni siquiera le había permitido verla–. Pero sigo siendo legalmente la tía de Callie.

–Sí, pero el hecho de que no fuera nombrada tutora en los testamentos de su hermana y su cuñado no le beneficia. Su abogado atestiguará que los padres de Callie sólo estaban dispuestos a nombrar tutor a Aristandros Xenakis. No olvide que él también tiene lazos de sangre con la niña...

–¡Por Dios santo! ¡Aristandros sólo era el primo de su padre, no un tío, ni nada parecido! –dijo Eli, impotente.

–Un primo y amigo de toda la vida que aceptó por escrito responsabilizarse de la niña mucho antes del accidente que mató a su hermana y a su cuñado. Me temo que apenas tendría probabilidades de luchar contra la reclamación por la custodia interpuesta por el señor Xenakis. Es un hombre muy rico y poderoso. Además, la niña es ciudadana griega.

–¡Pero también es un hombre soltero con una terrible reputación de juerguista! –protestó Eli–. No creo que represente la figura ideal de padre para una niña.

—Con ese argumento entra en terreno muy resbaladizo, doctora Smithson. Usted también está soltera, y cualquier tribunal cuestionaría por qué su propia familia no está dispuesta a apoyar su reclamación.

Eli se ruborizó ante el humillante recordatorio de que estaba sola y no contaba con ningún apoyo.

—Temo que mis parientes no se animarían a dar ningún paso que pudiera ofender a Aristandros Xenakis. Mi padrastro y mis dos hermanastros dependen de sus contactos para hacer negocios.

El abogado suspiró.

—Mi consejo es que acepte que apenas tiene probabilidades de ver a la niña y que cualquier intento de obtener su custodia sólo serviría para destruir cualquier futura esperanza de obtenerla.

Eli tuvo que esforzarse por contener las lágrimas que asomaron a sus ojos.

—¿Me está diciendo que no hay nada que hacer?

—Creo que lo más recomendable en sus circunstancias sería que se entrevistara personalmente con Aristandros Xenakis, le explicara la situación y le pidiera permiso para mantener un contacto regular con la niña —aconsejó el señor Barnes.

Eli se estremeció al escuchar aquello. Aristandros la odiaba. ¿Qué esperanzas podía tener de que la escuchara?

—Algún día pagarás por esto —le había jurado siete años antes, cuando ella sólo tenía veintiuno y se hallaba en medio de sus estudios de medicina.

—No te lo tomes así —le rogó ella—. Trata de comprender.

—No. Eres tú la que tiene que comprender lo que me has hecho —replicó Aristandros en tono gélido—. Te he tratado con honor y respeto y a cambio tú me has insultado y has avergonzado a mi familia.

Deprimida, Eli salió del despacho del abogado y se encaminó al espacioso apartamento que había comprado a medias con su amiga Lily, que estaba haciendo prácticas de cirujano. Cuando llegó no estaba en casa. Lily y Eli se habían conocido en la Facultad de Medicina y eran buenas amigas desde entonces.

Como la mayoría de los doctores jóvenes, Eli trabajaba muchas horas y apenas le quedaba energía para otra cosa. Aún no había elegido el color con que iba a pintar su dormitorio. Una pila de libros junto a la cama y un piano en un rincón de la espaciosa sala de estar revelaban cómo le gustaba pasar su tiempo libre.

Antes de perder el valor, llamó a las oficinas centrales de la naviera Xenakis para pedir una cita con Aristandros. Se preguntó si aceptaría verla. ¿Tal vez por curiosidad? El estómago se le encogió ante la perspectiva de volver a verlo.

Apenas podía recordar a la chica que era hacía siete años, cuando se le rompió el corazón por Aristandros Xenakis. Joven, inexperta e ingenua, era mucho más vulnerable de lo que imaginaba. Desde entonces no había conocido a otro hombre, como entonces asumió que sucedería. Con el tiempo había llegado a creer que nunca conocería a alguien con quien quisiera casarse.

¿Sería aquél otro motivo por el que había aceptado donar óvulos a su hermana estéril? Susie, dos años mayor que ella, había sufrido una menopausia prematura cuando tenía poco más de veinte años, y su única esperanza de llegar a ser madre era a través de la donación de óvulos. Susie voló de Grecia a Londres, donde Eli estaba haciendo las prácticas en un ajetreado hospital.

A Eli le conmovió que Susie acudiera a ella. Lo cierto era que, antes de aquel encuentro, Susie se había mostrado tan distante y crítica con su marginada hermana como el resto de la familia. Fue agradable sentirse necesitada, y lo fue aún más saber que Susie prefería un bebé nacido de uno de sus óvulos que de una donante anónima. Aunque, por supuesto, así habría muchas más probabilidades de que el bebé se pareciera más a Susie.

Eli aceptó de inmediato. Ni se le pasó por la cabeza negarse. Susie se había casado con Timon, primo de Aristandros, y disfrutaba de un buen matrimonio. Eli creía que un niño nacido de aquella joven pareja disfrutaría de una vida feliz y segura. Además de hacerse las pruebas y someterse al tratamiento para la donación de sus óvulos, firmó un acuerdo por el que no podría reclamar en el futuro los posibles hijos nacidos de éstos.

–Creo que no lo has pensado lo suficiente –le dijo Lily entonces–. Este proceso no es tan claro como pareces pensar. ¿Y las repercusiones emocionales? ¿Cómo te sentirás cuando nazca un bebé de uno de tus óvulos? Serás la madre biológica pero no tendrás derechos sobre el niño. ¿Envidiarás a tu hermana? ¿Sentirás que el bebé es más tuyo que suyo?

Eli se negó a aceptar que pudiera haber algún problema. Mientras se sometía al proceso de donación, Susie le dijo a menudo que sería una tía estupenda para su hija. Pero, sorprendentemente, la rechazó desde el momento en que nació Callie. De hecho, la llamó para pedirle que no fuera a visitarla al hospital y también le exigió que se olvidara de ella y de su nueva familia.

Aquello dolió terriblemente a Eli, pero trató de comprender diciéndose que Susie se había sentido instintivamente amenazada por la carga genética de su bebé recién nacido. Le escribió varias veces para tranquilizarla, pero no obtuvo respuesta. Desesperada por el giro que estaban tomando los acontecimientos, fue a ver a Timon cuando éste acudió a Londres por asuntos de trabajo. Timon admitió a regañadientes que su esposa se sentía devorada por la inseguridad a causa del papel de Eli en la concepción de su hija. Eli rogó para que el paso del tiempo calmara las preocupaciones de Susie pero, diecisiete meses después del nacimiento de Callie, Timon y Susie murieron en un horrible accidente de coche. Como colofón, nadie puso a Eli al tanto de la muerte de la joven pareja hasta transcurridas dos semanas del accidente, de manera que ni siquiera pudo asistir al funeral.

Cuando finalmente se enteró de la muerte de su hermana se sintió terriblemente sola... y no por primera vez en aquellos últimos años. Su padre murió poco después de que ella naciera, de manera que no llegó a conocerlo, y Jane, su madre, se casó con Theo Sardelos seis años después. Eli nunca se llevó bien con su padrastro, que era un hombre de negocios griego. A Theo le gustaban las mujeres para mirarlas, más que para escucharlas y, enfadado, dio la espalda a Eli cuando ésta se negó a casarse con Aristandros Xenakis. La emocionalmente frágil Jane nunca se había opuesto a las actitudes dictatoriales de su segundo marido, de manera que no tenía sentido recurrir a su apoyo. Los hermanastros de Eli se pusieron del lado de su padre, y Susie se negó a implicarse en el asunto.

Eli se sentó ante el piano y alzó la tapa. Se refugiaba a menudo en la música cuando estaba a merced de sus emociones, y acababa de ponerse a tocar un estudio de

Liszt cuando sonó el teléfono. Fue a contestar y se quedó paralizada al comprobar que estaba con un empleado de Aristandros. No protestó cuando éste le pidió que acudiera a Southampton la siguiente semana para reunirse con Aristandros en su nuevo yate, *Hellenic Lady;* lo único que sintió fue un intenso alivio por el hecho de que estuviera dispuesto a recibirla.

Sin embargo, no podía imaginarse viendo a Aristandros Xenakis de nuevo, y cuando Lily regresó del trabajo abordó el tema en cuanto comprendió lo que planeaba hacer Eli.

–¿Qué sentido tiene que te disgustes de ese modo? –preguntó, con una expresión inusualmente seria en su vivaz rostro.

–Sólo quiero ver a Callie...

–Deja de mentirte a ti misma. Quieres mucho más que eso. Quieres convertirte en su madre, ¿pero qué probabilidades tienes de que Aristandros acepte?

Eli miró a su amiga con expresión taciturna.

–¿Y por qué no iba a aceptarlo? ¿Cómo piensa seguir de fiesta en fiesta teniendo que ocuparse de un bebé de dieciocho meses?

–Pagará a alguien para que se ocupe de la niña. Sabes muy bien que está forrado –le recordó Lily–. Lo más probable es que lo primero que te pregunte es qué tienen que ver sus asuntos contigo.

Eli se puso pálida. Aunque quisiera, no debía olvidar la dureza y hostilidad que probablemente mostraría Ari hacia ella.

–Alguien tiene que ocuparse de los intereses de Callie.

–¿Quién tenía más derecho que sus padres a hacerlo? Sin embargo, tú estás cuestionando su decisión de dejarla a cargo de Aristandros. Lo siento, pero tengo que hacer de abogado del diablo –explicó Lily con pesar.

–Susie estaba obnubilada por la riqueza de los Xenakis –dijo Eli–. Pero el dinero no es lo más importante para criar a un niño.

–¡Es tan grande como un crucero! –exclamó el taxista que había llevado a Eli mientras se asomaba por la ventanilla para contemplar el inmenso megayate *Hellenic Lady*.

Eli le pagó sin hacer ningún comentario y bajó al muelle.

Un joven trajeado se acercó a ella.

–¿La doctora Smithson? –preguntó con evidente curiosidad–. Soy Philip. Trabajo para el señor Xenakis. Venga por aquí, por favor.

Cuando subieron a bordo, varios miembros de la tripulación les saludaron. Philip condujo a Eli hacia un ascensor mientras le hablaba de las maravillas del barco. Eli se mostró escéptica hasta que se abrieron las puertas que daban a un impresionante y opulento salón, cuyas vistas la dejaron boquiabierta.

–El señor Xenakis estará aquí en unos minutos –le informó Philip mientras la acompañaba a una zona cubierta del puente en la que había unos elegantes sillones tapizados.

En cuanto Eli se sentó, un camarero se acercó a ella y le ofreció algo de beber. Pidió un té, más que nada para tener las manos ocupadas, mientras no paraban de aflorar indeseables recuerdos a su rebelde mente. Lo último que quería recordar en aquellos momentos era cómo se coló por Aristandros la primera vez que lo vio. Estaba pasando las Navidades en Grecia con su madre y su padrastro y en el breve espacio de un mes perdió su corazón.

¿Pero qué tenía de sorprendente lo que sucedió?, se preguntó. A fin de cuentas, Aristandros lo tenía todo: era espectacularmente atractivo, inteligente y muy rico. Y ella llevaba demasiado tiempo centrada en sus estudios y sumergida entre sus libros mientras otras chicas de su edad ya disfrutaban de una intensa vida social y estaban habituadas a relacionarse con el sexo opuesto. Durante aquel mes arrojó por la ventana su sentido común y sólo vivió para Aristandros. Nada más importaba; ni las advertencias de su familia sobre su reputación de mujeriego, ni sus estudios y la carrera por la que tanto se había esforzado hasta entonces. Y entonces, en el peor momento posible, recuperó la cordura y comprendió lo absurdo que era imaginar un futuro de fantasía con un hombre que esperaba que todo el mundo girara en torno a él.

Mientras le servían el té, Eli alzó la mirada y vio a Aristandros a unos metros de ella. Sintió que su estómago se encogía y la taza tembló ligeramente cuando la tomó en sus manos. Apenas podía respirar. Aristandros vestía un impecable traje negro que realzaba su poderoso físico. La brisa agitaba ligeramente su pelo negro, y sus ojos, también oscuros, destellaban al sol. No había duda de que era un hombre increíblemente atractivo. Mientras avanzaba hacia ella con el aire de un felino al acecho, Eli se hizo consciente de una reacción aún más vergonzosa al sentir el calor que emanaba de su pelvis. Se ruborizó intensamente.

–Eli... –murmuró Aristandros cuando ella se puso en pie para recibirlo. Contempló la delicada perfección de sus rasgos, sus intensos ojos azules, la tentadora y rosada carnosidad de su boca. Incluso apenas maquillada, y con su espectacular pelo sujeto atrás, era una belleza natural que pasaba junto a espejos y reflejos sin mirarse ni una vez. Su falta de vanidad fue lo primero que admiró en ella.

Cuando tomó su delicada mano, la notó fría en contraste con la suya.

Aquel repentino contacto físico tomó por sorpresa a Eli, que miró los ojos negros de Aristandros. De pronto, su corazón empezó a latir muy fuerte, interfiriendo con su deseo de mostrar un exterior calmado y seguro. Estaba lo suficientemente cerca de él como para captar el aroma de su piel mezclado con el de la colonia que usaba. Era un aroma conocido para ella, que le enviaba un primitivo mensaje a cada célula de su cuerpo. Sintió que sus pechos se tensaban contra el encaje del sujetador, que sus pezones afloraban... Su debilidad le produjo una intensa decepción que trató de disimular.

—Te agradezco que hayas aceptado verme —dijo rápidamente.

—La humildad no te va —murmuró Aristandros.

—Sólo trataba de ser amable —espetó Eli antes de pensárselo dos veces.

—Estás muy tensa —dijo Aristandros mientras deslizaba la mirada de sus labios a la dulce curva de sus pechos, ocultos por una inocua camiseta blanca. Él podría vestirla de satén y encajes; su entrepierna se tensó ante la imaginería que evocó aquel pensamiento.

Eli sintió que temblaba por dentro. En un desesperado esfuerzo por distraer la atención de Ari, retiró su mano y dijo animadamente:

—Me gusta tu yate.

Aristandros sonrió con ironía.

—No, no te gusta. Lo consideras otro ejemplo de mis hábitos de consumo ostentoso, y crees que debería haber empleado el dinero en cavar unos pozos de agua en África.

Eli se ruborizó hasta la raíz del pelo.

—Supongo que a los veintiún años era una auténtica mojigata, pero hoy en día no tengo unas miras tan estrechas.

—La Fundación Xenakis, que creé personalmente, contribuye con muchas organizaciones benéficas. Creo que eso debería contar con tu aprobación.

El encuentro no estaba transcurriendo como esperaba Eli. Cada palabra de Ari parecía evocar un pasado que ella quería dejar enterrado.

—Ninguno de los dos somos los mismos que éramos entonces.

Aristandros ladeó su arrogante cabeza sin manifestar su acuerdo ni su desacuerdo y la invitó a sentarse de nuevo.

—Me sorprendió que no asistieras al funeral de tu hermana —dijo después de que un camarero le sirviera un café.

—Me temo que no me enteré del accidente hasta varios días después.

Ari alzó las cejas, sorprendido.

—¿Nadie de tu familia se puso en contacto contigo?

—De mi familia directa no. Fue mi tía, la hermana de mi madre, la que me avisó. Fue una situación muy incómoda, porque ella creía que yo ya lo sabía —explicó Eli, reacia—. La noticia me dejó conmocionada, por supuesto. Timon y Susie eran tan jóvenes... Ha sido una terrible pérdida para su hija.

—¿Y tú estás preocupada por Calliope?
—Estoy segura de que ambas familias están igualmente preocupas por ella.

Aristandros sonrió.

—Veo que tu trato con los pacientes te ha enseñado por fin el arte del tacto —dijo burlonamente—. Dudo que haya alguien tan preocupado por la niña como tú pareces estarlo.

—Necesito explicarte algo respecto a Callie...

—¿Crees que no sé que eres su madre biológica? —el tono de Ari fue casi desdeñoso—. Por supuesto que lo sé.

Eli alzó levemente la barbilla.

—Supongo que te lo dijo Timon.

—Sí. Lógicamente, fue una sorpresa. A fin de cuentas, una vez me dijiste que no pensabas tener hijos.

—A los veintiún años no quería tenerlos, y cuando doné mis óvulos a mi hermana en ningún momento me planteé la posibilidad de considerar a Callie hija mía. Era hija de Susie y de Timon.

—Qué desinteresada —murmuró Ari—. Sin embargo, y a pesar de lo que has dicho, estás aquí.

—Sí. Me gustaría mucho ver a mi sobrina.

—¿Es eso lo que has venido a pedirme? ¿Quieres ver una vez a tu sobrina para luego marcharte y no volver? —preguntó Aristandros con evidente incredulidad.

Eli no sabía cómo contestar a eso. Temía ser demasiado sincera y revelar su propósito de convertirse en alguien importante en la vida de Callie.

—Si eso es todo lo que estás dispuesto a permitirme, me conformaré. Algo es mejor que nada.

—¿Tan poco quieres?

Eli se ruborizó, pues no poseía el don del disimulo.

–Creo que sabes que me gustaría algo más.
–¿Hasta qué punto deseas tener acceso a la niña?
–Nunca he deseado nada tanto en mi vida –respondió Eli con sinceridad.

Aristandros dejó escapar una repentina risa que sorprendió a Eli.

–Sin embargo, Callie podría haber sido hija nuestra. En lugar de ello hiciste posible que mi primo y mejor amigo fuera padre y permitiste que tu hermana diera a luz una niña que, desde un punto de vista genético, era tuya a medias. ¿Se te ocurrió pensar alguna vez que eso pudiera haber resultado ofensivo para mí?

Eli se puso pálida.

–No, no se me ocurrió esa posibilidad, y espero que no sigas sintiendo lo mismo ahora que eres el tutor de Callie.

–Lo superé. No soy del tipo sentimental –replicó Aristandros–. Lo que necesito saber ahora es hasta dónde estás dispuesta a llegar para obtener lo que quieres. ¿Qué estás dispuesta a sacrificar?

–¿Estás diciendo que podría establecer una relación duradera con mi sobrina?

Una lenta sonrisa curvó la firme boca de Aristandros.

–Si me satisfaces, el cielo es el límite, *glikia mou*.

Capítulo 2

ELI se quedó helada al ver la sonrisa de Aristandros. No había olvidado con quién estaba tratando: un hombre muy rico y poderoso al que en otra época hirió en su orgullo, aunque de forma accidental. Pero la conversación estaba entrando en terrenos desconocidos y no sabía qué pretendía con ello Aristandros.

–No estoy segura de haber entendido –dijo con cautela.

–No eres ninguna tonta. Si quieres ver a Callie, sólo podrás hacerlo según mis condiciones.

Eli se levantó y avanzó hacia la barandilla del yate en busca de un poco de brisa para calmar su ansiedad.

–Eso ya lo sé. Si no estuviera dispuesta a aceptarlas, no estaría aquí.

–Mis condiciones son duras –dijo Aristandros sin rodeos–. Tú quieres a Callie, yo te deseo a ti y Callie necesita una mujer que la cuide. Si unimos esas necesidades, podemos llegar a un acuerdo que nos convenga a todos.

«Yo te deseo». Aquélla fue prácticamente la única frase que captó inicialmente Eli. Estaba conmocionada. ¿Aún la encontraba atractiva Aristandros siete años después? Por un instante estuvo a punto de volverse y decirle que él era la respuesta a los ruegos de una médico saturada de trabajo. Aquel aspecto de su vida no sólo había quedado a un lado mientras estudiaba y trabajaba duro para obtener su título; directamente había desaparecido.

Se recordó que ser deseada por Aristandros no la convertía en alguien especial de un grupo selecto. Estaba al tanto de su volátil y enérgica vida amorosa. Según la prensa del cotilleo, su fuerza y habilidad sexual en la cama eran legendarias, casi tanto como su incapacidad para comprometerse en una relación duradera. Al parecer se aburría rápidamente de todas las modelos y actrices, casadas o no, que solía meter en su cama. Había seguido los pasos de su famoso padre como mujeriego.

Nada de lo que había leído hasta entonces en la prensa le había dado motivo para arrepentirse de no haber aceptado casarse con él. Aristandros era tan capaz de adaptarse a las restricciones del matrimonio como un tigre a ser una mascota doméstica. Le habría roto el corazón y la habría destrozado, como su infiel padrastro había destrozado a su madre con sus aventuras extramatrimoniales. Tras veinte años de matrimonio, a Jane Sardelos no le quedaba prácticamente ninguna autoestima.

–¿Estás sugiriendo que, si me acuesto contigo, me dejarás ver a Callie? –preguntó Eli, incrédula.

–No soy tan ordinario como para proponerte eso, y además no me sentiría tan fácilmente satisfecho. Estoy dispuesto a ofrecerte algo que nunca he ofrecido a otra mujer. Quiero que vengas a vivir conmigo.

–¿Vivir contigo? –repitió Eli, anonadada.

–Vivir y viajar conmigo como querida. ¿De qué otro modo podrías cuidar de tu sobrina? No podrías seguir trabajando, por supuesto. Vivir conmigo y ocuparte de Callie sería una dedicación completa.

–Veo que no has cambiado nada –dijo Eli, aunque su corazón empezó a latir con más fuerza ante la posibilidad de ocuparse realmente de su sobrina–. Sigues esperando tener prioridad sobre todo lo demás.

Aristandros ladeó su arrogante cabeza.

–¿Y por qué no? Conozco a muchas mujeres que estarían encantadas de convertirme en su única prioridad. ¿Por qué iba a aceptar un compromiso menor por tu parte?

–¡Pero no puedes convertir a mi sobrina en parte de un trato como ése! Sería algo inmoral y totalmente carente de escrúpulos.

–No sufro de escrúpulos morales. Soy un hombre práctico que no planea casarse para ofrecer una madre a Callie. De manera que, si quieres ser su madre sustituta, tendrás que jugar a esto como yo quiero que juegues.

Le estaba ofreciendo todo lo que anhelaba a cambio de renunciar a todo lo que tanto se había esforzado en lograr.

–Después de siete años, ¿cómo podemos pasar de no tener ninguna relación a vivir juntos? Y además siendo tu querida... ¡Es una locura!

–Para mí no supone ningún problema. Te encuentro increíblemente atractiva.

–Y eso es todo lo que te importa, ¿no? El deseo –espetó Eli con evidente desagrado.

Aristandros se levantó y se acercó a Eli.

–El deseo es lo único que debe preocuparnos, *glikia mou* –dijo a la vez que deslizaba un dedo por la orgullosa curva de su pómulo–. Te quiero en mi cama cada noche.

Eli apartó el rostro, ofendida

–¡Ni hablar! –espetó, furiosa.

–No puedo obligarte a aceptar, desde luego –concedió Aristandros a la vez que la atrapaba contra la barandilla con su tamaño y proximidad–. Pero soy un hombre testarudo y tenaz. He esperado mucho tiempo a que llegara este día. Muchas mujeres se sentirían halagadas por mi interés.

–¡Todo esto es porque te dije que no hace siete años, porque no conseguiste meterme en tu cama!

Aristandros se quedó muy quieto y sus oscuros ojos destellaron peligrosamente.

–Te dejé decir no porque estaba dispuesto a esperarte. Pero esta vez no estoy dispuesto a esperar.

–¡No puedo creer que tengas el valor para proponerme algo así!

Aristandros sujetó a Eli por ambas manos para impedirle moverse. Inclinó su cabeza hacia ella y murmuró:

–Siempre tengo valor para luchar, *koukla mou*. Para mí resulta natural luchar por lo que quiero, y estoy dispuesto a arriesgarlo todo para ganar. No sería un auténtico Xenakis si no me arriesgara ocasionalmente a volar cerca del sol.

Estaba tan cerca que Eli apenas podía respirar. Aristandros reclamó sus labios y la besó lentamente, con irresistible pasión. Aquel beso y las sensaciones que evocó en ella eran todo lo que se había propuesto olvidar. El tiempo parecía quedarse en suspenso mientras se sentía perdida en el calor y la presión de la hambrienta urgencia de Aristandros. Su cuerpo pareció arder, sus pezones se excitaron y sintió una cálida humedad entre los muslos. Pero los recuerdos se apoderaron de ella y se apartó bruscamente de Aristandros, desconcertándolo.

—No —dijo con firmeza a la vez que echaba atrás la cabeza.

Una sonrisa lobuna ladeó la boca de Aristandros, que no trató de ocultar su triunfo.

—Ese «no» se parece mucho a una invitación descarada en tus labios.

—No puedes comprarme con Callie. No estoy en venta y no puedes tentarme —dijo Eli con toda la convicción que pudo.

—En ese caso perderemos todos, especialmente la niña. Dudo que haya otra mujer dispuesta a ofrecerle el sincero afecto que tú podrías darle. Aunque estoy seguro de que habría muchas dispuestas a tratar de convencerme de lo contrario.

La mera posibilidad de que alguna cazafortunas se convirtiera en la madre sustituta de Callie amenazó con hacer perder la compostura a Eli.

—Estás siendo cruel —murmuró, tensa—. Nunca hubiera creído que pudieras llegar a serlo tanto.

—Es tu elección —dijo Aristandros con dureza.

—¡No hay elección! —espetó Eli.

—Es una elección que no te gusta, pero agradece tenerla. ¡Podría haberte dicho que no podías ver a Callie y haberte dado con la puerta en las narices!

Eli era consciente de que Aristandros tenía razón. Dadas las circunstancias, el mero hecho de tener una opción era un lujo.

Pero, con las ofertas que recibía a diario, ¿cómo era posible que Aristandros siguiera interesado en ella? ¿Se debería tan sólo a que era una de las escasísimas mujeres que se había atrevido a rechazarlo?

–Supongamos que acepto –dijo, haciendo un esfuerzo por mantener la calma–. Tu interés por mí no duraría ni cinco minutos. ¿Qué pasará entonces con Callie?

–Las cosas no serían así.

Eli tuvo que hacer un esfuerzo por contenerse. Como todo el mundo sabía por la prensa del cotilleo, las ardientes aventuras de Aristandros solían pasar a velocidades supersónicas.

–¿Qué sé yo de ser una querida? No soy precisamente una mujer de tipo decorativo.

Aristandros sonrió, divertido.

–Soy un hombre flexible y abierto a nuevas experiencias.

Tratando de no dejarse afectar por su comentario, Ella volvió a su asiento.

–Si aceptara, ¿cuáles serían las condiciones?

–Tu principal objetivo sería satisfacerme –dijo Aristandros, y vio que Eli apretaba los dientes como si hubiera dicho algo increíblemente grosero–. Por supuesto, no habría otros hombres en tu vida. Tendrías que estar siempre disponible para mí.

–¿La chica dispuesta en cualquier lugar y en cualquier momento para lo que te apetezca? Ésa es una fantasía masculina, Aristandros, no un objetivo alcanzable para una mujer de hoy en día.

–Tú eres lo suficientemente inteligente como para lograr hacer realidad esa fantasía. Centra tus energías en mí y comprobarás que sé ser agradecido. Dame lo que quiero y tú conseguirás todo lo que quieras.

Eli respiró profundamente para tratar de calmar el torbellino que sentía en su interior. A pesar de todo, no debía olvidar que la decisión que tomara podía suponer una diferencia radical para la vida de Callie.

—¿Cuánto tiempo tengo para decidir?

—Ahora o nunca.

—¡Pero eso es abusivo! Me estás pidiendo que renuncie a mi profesión. ¿Sabes lo que significa para mí ser médico?

—Claro que lo sé. A fin de cuentas, en una ocasión elegiste tu carrera por encima de mí.

—Ése no fue el único motivo por el que te rechacé. Lo hice por ambos... ¡nos habríamos amargado mutuamente la vida! —replicó Eli, esforzándose por contener sus emociones—. Pero deja que te advierta de algo que no sería negociable bajo ninguna circunstancia: no estoy dispuesta a tolerar ninguna clase de infidelidad.

Aristandros vio en sus ojos un reflejo de la apasionada joven que recordaba y que lo dejó sin ni siquiera molestarse en mirar atrás.

—En esta ocasión no te estoy pidiendo que te cases conmigo. No pienso hacer ninguna promesa —dijo en tono retador—. Y, pase lo que pase entre nosotros, no pienso renunciar a la custodia de Callie. Timon me confió a su hija para que la criara, y eso es algo sacrosanto para mí.

Eli se contuvo de hacer ningún comentario. Estaba convencida de que Aristandros apenas sabía nada de niños, y menos aún de cómo criarlos.

Él la observó un momento, claramente impaciente por su silencio.

—Ha llegado el momento de tomar tu decisión, *glikia mou*.

Eli siguió mirándolo en silencio. A pesar de lo que pudiera sentir por él y sus métodos, no podía negar que Aristandros estaba como un tren, y eso era un extra... ¿o no? ¿Pero qué sentiría si llegara a establecer una relación sexual carente de emociones, sobre todo teniendo en cuenta que era totalmente inexperta en aquel terreno? Se obligó a pensar en Callie y trató de acallar su orgullo herido, la sensación de humillación que amenazaba con apoderarse de ella. Si lograba obtener el derecho a ocuparse de Callie, ya aprendería a convivir con lo que ello supusiera.

–De acuerdo –dijo a la vez que alzaba levemente la barbilla–. Pero tendrás que darme tiempo para dejar adecuadamente mi trabajo.

–¿Has terminado? –preguntó el doctor Alister Marlow desde la puerta de la consulta de Eli, que estaba levantando una caja de la mesa. La habitación parecía vacía.

–Sí. Ya me llevé casi todo ayer.

Cuando su colega alargó las manos, Eli le entregó la caja y aprovechó la oportunidad para echar un último vistazo a los cajones. Finalmente se irguió.

–¿Te importa pedir a la señora de la limpieza que esté atenta por si encuentra una foto pequeña por aquí? Era de mi padre y no me gustaría perderla. La saqué del marco hace unas semanas porque se rompió y ahora parece haber desaparecido.

–Estaré al tanto –el doctor Marlow, un hombre alto y fuerte de pelo rubio, miró a Eli con expresión preocupada–. Pareces agotada.

–Ha habido muchas cosas que organizar –Eli no dijo nada sobre el considerable gasto emocional que había supuesto renunciar al trabajo que tanto quería. Iba a echarlo mucho de menos, al igual que a sus colegas.

–No puedo decir que apruebe lo que estás haciendo, porque formabas una parte demasiado valiosa de nuestro equipo –dijo Alister mientras acompañaba a Eli hasta su coche–. Pero admiro el sentido de la responsabilidad que has demostrado al querer hacerte cargo de tu sobrina, y sé que nuestra pérdida será su ganancia. Mantente en contacto, Eli.

Eli condujo hacia su espacioso apartamento, que muy pronto dejaría de ser su hogar. Lily iba a comprar su parte. Eli habría preferido conservarla, pero sabía que habría sido injusto para Lily, que se sentía reacia a aceptar una nueva compañera de piso. No dudaba de que Lily le ofrecería alojamiento de inmediato si llegara a necesitarlo, pero no sería lo mismo que ser dueña de la mitad del apartamento.

¿Cuánto tiempo pasaría antes de que Aristandros se cansara de ella? Sus ojos azules destellaron a causa del resentimiento, pues estaba segura de que aquella relación no iba a durar más allá de unas semanas. ¿Y en qué situación quedaría ella entonces sin trabajo y sin casa? Pero lo que más le preocupaba era la situación en que quedaría Callie, y saber si podría seguir manteniendo una relación con ella. No le había contado a nadie la verdad sobre la relación que iba a mantener con Aristandros. Se había limitado a decir que iba a ocuparse de su sobrina huérfana, cuya vida radicaba en Grecia.

Sin embargo, su amiga Lily barruntaba algo.

–Estoy haciendo verdaderos esfuerzos por comprender todo esto. ¿De verdad quieres tanto a Callie como para renunciar a todo lo que te importa? –preguntó aquella noche mientras cenaban–. Si se te ha despertado el instinto maternal, siempre podrías tener un hijo.

–Pero quiero estar con Callie.

–Y con ese millonario tan sexy, ¿no?

Eli se ruborizó y apartó su plato.

–Aristandros es el tutor legal de Callie y una parte no negociable de su vida.

–Pero te gusta, ¿no?

–No sé de dónde te has sacado esa idea.

–Hace tiempo que me he fijado en que sólo compras revistas de cotilleo para poder leer sobre él y sus hazañas.

–¿Y por qué no? Sentía curiosidad porque lo conocí hace años y Susie estaba casado con su primo –protestó Eli.

–Lo conociste la última Navidad que pasaste en Grecia, antes de que tu familia empezara a tratarte como a una paria, ¿no?

Eli se encogió de hombros.

–Mi padrastro se aseguró de que no perdiéramos la oportunidad de relacionarnos con la riquísima familia Xenakis. Creo que primero nos conocimos de niños, pero no lo recuerdo. Aristandros es cuatro años mayor que yo.

–Intuyo que hay bastante más de lo que me estás contando –confesó Lily–. En aquella época pensé que se te había roto el corazón.

Eli puso los ojos en blanco mientras trataba de reprimir el recuerdo de las noches que se pasó llorando y de los días en que sólo el trabajo le permitió superar la intensa sensación de soledad y pérdida. Pero todo aquello era agua pasada. El tiempo, y la ristra de mujeres que habían pasado desde entonces por la vida de Aristandros, habían demostrado que tomó la decisión adecuada dejándolo.

Sin embargo, al día siguiente iban a recogerla a las nueve y no tenía idea de lo que sucedería a continuación, pues Aristandros no se había dignado a informarle. ¿Se quedarían en Londres una temporada? ¿Conocería a Callie al día siguiente?

Aquella noche, tumbada en la cama, insomne, recordó las vacaciones que pasó en Atenas mientras estaba estudiando medicina. El tiempo volvió atrás y la sumergió en el pasado...

Susie fue a recogerla al aeropuerto. En aquella época su hermana estaba soltera, y parloteó animadamente del exclusivo club al que pensaba llevar a Eli aquella tarde.

—Acabo de terminar los exámenes y estoy muy cansada, Susie. Será mejor que vaya a acostarme y pase por hoy del club.

—¡Pero no puedes hacer eso! Te he conseguido un pase especial. Ari Xenakis y sus amigos van a estar allí.

Susie, empeñada en relacionarse con la alta sociedad y en aparecer regularmente en las revistas de cotilleo, era el ojito derecho de su padrastro. Theo Sardelos consideraba a las mujeres seres frívolos y ornamentales, y la naturaleza seria de Eli y su falta de pretensiones le hacían sentirse incómodo.

Finalmente, para mantener la paz, Eli acompañó a Susie al club. Rodeada de su hermana y las amigas de ésta, que sólo parecían capaces de pensar en los hombres que había en oferta, Eli se aburrió como una ostra. No paraba de oír historias sobre las extravagancias y aventuras de Ari Xenakis. Había dejado a su última novia por carta y los padres de ésta habían tenido que enviarla al extranjero para que dejara de acosarlo. A pesar de que era un conocido mujeriego, Eli notó con asombro que no había una sola chica presente que no estuviera dispuesta a dar un brazo por salir con él. Cuando le señalaron quién era, Eli constató otra causa de su popularidad: era un hombre increíblemente atractivo, de pelo negro, ojos marrones oscuros y el cuerpo de un atleta.

Si una de las chicas del grupo no se hubiera puesto mala, Eli estaba convencida de que Aristandros nunca se habría fijado en ella. Lethia, la amiga adolescente de una de las compañeras de Susie, sufrió un ataque de epilepsia. Eli se quedó conmocionada al ver que todo el mundo la abandonaba a un lado de la pista de baile mientras se retorcía en el suelo. Cuando fue a ayudarla, Susie se puso furiosa.

–¡No te impliques! –siseó, tratando de llevársela de vuelta a la mesa–. ¡Apenas la conocemos!

Eli ignoró a Susie y fue a atender a Lethia, a la que situó en la posición más cómoda posible mientras se le pasaba el ataque. Las otras chicas alegaron no saber nada sobre la salud de Lethia. Eli tuvo que rebuscar en su bolso para averiguar que era epiléptica y que estaba tomando una medicación.

–¿Necesitas ayuda? –preguntó alguien en inglés a sus espaldas.

Al volverse, Eli vio a Aristandros acuclillado a su lado, con una expresión sorprendentemente seria.

–Es epiléptica y necesita ir al hospital porque lleva más de cinco minutos inconsciente.

Aristandros se ocupó de pedir una ambulancia y también se puso en contacto con la familia de Lethia, que le confirmó que había sido recientemente diagnosticada de epilepsia.

–¿Por qué no ha querido ayudar nadie más? –preguntó Eli mientras esperaban a la ambulancia.

–Supongo que la mayoría ha pensado que se ha desmayado por haber consumido alguna droga y no quieren que se les relacione con ella.

–Nadie parecía saber que sufre de epilepsia. Supongo que no quiere que lo sepan –dijo Eli con expresión compasiva–. Te has dirigido a mí en inglés. ¿Cómo sabías que era inglesa?

Cuando Aristandros sonrió, Eli sintió que se quedaba sin aliento.

–Ya había preguntado quién eras antes de que Lethia se desmayara.

Eli se ruborizó, convencida de que sólo se había fijado en ella porque no encajaba en el ambiente. Todas las demás chicas parecían pájaros exóticos con sus vestidos de diseño, mientras que ella llevaba una sencilla falda negra con unas blusa azul turquesa.

–¿Y por qué has venido a ayudar?

–No podía apartar los ojos de ti –confesó Aristandros–. Lethia ha sido sólo una excusa.

–Dejas a las mujeres por carta y luego las llamas acosadoras. No estoy interesada –dijo Eli en griego, idioma que hablaba con fluidez.

–No hay nada más estimulante que un reto, *glikia mou* –murmuró Aristandros.

Capítulo 3

A LAS NUEVE de la mañana siguiente, Eli entró en una limusina plateada y observó cómo cargaban su equipaje en ella. Vestía una discreta falda gris y una blusa rosa. Era consciente de que no tenía precisamente el aspecto de una «querida», pero estaba orgullosa de ello. Y si Aristandros quería perder el tiempo tratando de convertirla en una fulana vestida para impresionar, iba a enfrentarse uno de esos retos que tanto le gustaban.

Apoyó las manos sobre el bolso que llevaba en el regazo. El sexo era sólo sexo, y podía manejarlo. Técnicamente, sabía mucho sobre los hombres. Probablemente no era la mujer más sexy del mundo; a fin de cuentas, había vivido muchos años como si el sexo no existiera. El celibato sólo le había preocupado en una ocasión en su vida, cuando estuvo viendo a Aristandros. Sintió que las mejillas le ardían al recordar el ardiente beso que le dio en el yate.

Un rato después la limusina se detenía ante un elegante edificio. Eli vio con sorpresa el logo de un bufete de abogados en la entrada. En cuanto entró en recepción fue conducida hasta una sala en la que la esperaba Aristandros.

—¿Para qué estoy aquí? —preguntó Eli sin preámbulos.

Aristandros entrecerró los ojos y deslizó la mirada desde las piernas de Eli hasta la evidencia de sus pechos.

—He hecho que los abogados de este bufete redacten un acuerdo legal. Quiero que lo firmes para que no haya malentendidos entre nosotros en el futuro.

Eli se puso pálida.

—¿Y por qué no me lo has dicho hasta ahora? ¡Ya he renunciado a mi trabajo y he llegado a un acuerdo para vender mi apartamento!

—Sí —dijo Aristandros, sin dar la más mínima muestra de arrepentimiento.

—Lo habías planeado así, ¿no? —replicó Eli sin ocultar su irritación—. Ahora que he quemado mis barcos hay menos probabilidades de que discuta los términos del acuerdo, ¿no?

—Lo que me encanta de ti es la falta de ilusiones que tienes respecto a mí, *glikia mou* —Aristandros sonrió irónicamente—. Esperas que me comporte como un miserable, y eso hago.

Eli hizo un esfuerzo por contener su rabia.

—¿De verdad has hablado de nuestra futura relación con tus abogados? —preguntó, incrédula.

—Siempre trato de anticiparme a los problemas, y una mujer tan resuelta como tú podría dármelos.

—¡Espero que no hayas incluido en el acuerdo que tengo que convertirme en tu querida!

—¿Y por qué no? Eso no va a ser un secreto cuando vivas conmigo y seas vista constantemente a mi lado. No pienso simular que sólo eres la niñera.

La insolente indiferencia que Aristandros estaba mostrando por sus sentimientos enfureció a Eli.

—Realmente te da igual lo que pueda sentir, ¿no?

–A ti tampoco pareció preocuparte mucho lo que pudiera sentir yo cuando tuve que decir a mis amigos y a mi familia que, después de todo, no ibas a convertirte en mi esposa.

Aquellas palabras fueron como una bofetada para Eli. Se puso pálida al recordar la vergüenza y culpabilidad que experimentó siete años atrás.

–Aquello me disgustó mucho, ¡pero no fue culpa mía que decidieras asumir que el hecho de que te amara significase que estaba dispuesta a renunciar a mis estudios de medicina para casarme contigo! –replicó en tono acusador–. No hubo ninguna malicia por mi parte. Aunque no quería casarme contigo, sentía un gran cariño por ti y lo último que quería era hacerte daño.

El gesto de Aristandros se endureció visiblemente.

–No me hiciste daño. No soy tan sensible, *glikia mou* –dijo en tono desdeñoso.

Pero su enfado y el evidente afán de venganza del que estaba haciendo gala siete años después transmitieron un mensaje muy distinto a Eli. A Aristandros siempre le había gustado darse aires de invulnerabilidad, pero, al parecer, su rechazo le había hecho más daño del que pretendía aparentar.

–Lo que tú digas, ¡pero eso no es excusa para que hayas hablado con unos abogados sobre los posibles problemas de una relación íntima! ¿Acaso no hay nada sagrado para ti?

–El sexo no, desde luego –replicó Aristandros–. Debes ser consciente de que no se trata de un acuerdo de cohabitación y de que no vas a ser mi compañera en ese sentido, de manera que no podrás reclamar nada de mí en el futuro.

–¡Oh, ya capto el mensaje! –espetó Eli, herida en

su orgullo–. Estás protegiendo tus propiedades, aunque sabes muy bien que no tengo ningún interés en tu dinero. ¡Si me importara el dinero, me habría casado contigo cuando tuve oportunidad de hacerlo!

La mirada de Aristandros destelló de rabia ante la abierta acusación.

–Toma –dijo a la vez le entregaba un documento que había sobre la mesa–. Léelo y fírmalo.

Eli se sentó en la silla más cercana y empezó a leer el contrato. Se quedó horrorizada ante la crueldad que revelaba. Aristandros había reducido su futura relación a un frío cúmulo de exigencias y prohibiciones.

A cambio del privilegio de cuidar de Callie y de tener todos sus gastos cubiertos por Aristandros, debía compartir su cama cuando él quisiera. Tenía que vivir, vestir y viajar, como y cuando él quisiera. Además, debía aceptar que la vida privada de Aristandros no era asunto suyo y que cualquier interferencia en aquel terreno podría considerarse un incumplimiento del acuerdo. Las condiciones de sus «servicios» eran increíblemente humillantes y detalladas. ¿Cómo se había atrevido Aristandros a hablar de asuntos tan íntimos con sus abogados? ¿Cómo había tenido el valor de dictar unas condiciones tan vergonzosas?

–¡Esto es... indignante! ¿Por qué no me pones directamente un collar y me sacas a pasear como a un perro?

–Quiero que la descripción de tu trabajo sea muy detallada. Soy sincero respecto a lo que quiero y espero de ti. No podrás decir que no te he avisado.

Eli se fue indignando más según iba leyendo. No iba a tener derecho a sacar a Callie de casa sin el permiso de Aristandros y, si lo obtenía, tendría que hacerlo acompañada de vigilancia. Cualquier intento de reclamar algún derecho sobre la niña le haría perder el derecho a verla. Eli se estremeció ante la brutal amenaza y miró a Aristandros. Por su expresión, era evidente que no estaba bromeando. No quería una querida, ni una compañera, por supuesto; quería una esclava.

–Hasta ahora no me había dado cuenta de hasta qué punto me odiabas –murmuró con voz temblorosa.

–No seas ridícula.

–¡Si ni siquiera voy a poder discutir contigo, tampoco voy a poder respirar!

–Espero desacuerdos ocasionales –replicó Aristandros en tono magnánimo–. Pero no pienso aceptar tu continua hostilidad, algo que podría resultar muy incómodo.

Eli se quedó muda. Además de humillante, aquel acuerdo era una auténtica pesadilla. Se sentía como si le estuvieran cortando las alas. Aristandros estaba empeñado en adueñarse de su cuerpo y de su alma.

–Ya hemos perdido bastante tiempo discutiendo –dijo él, impaciente–. Firma de una vez.

–¿No puedo pedir asesoramiento legal antes de firmar? ¡Ni siquiera he terminado de leer el acuerdo!

–Claro que puedes, pero eso retrasaría las cosas al menos otras dos semanas y no podrías ver a Callie hasta entonces.

–Empiezo a entender por qué eres tan rico. Sabes muy bien qué botones pulsar, cómo presionar a la gente...

–Por supuesto –Aristandros abrió los brazos en un fluido movimiento–. Te deseo y estoy programado para luchar por ti.

–Pues luchas muy sucio –replicó Eli antes de seguir leyendo. Aristandros le ofrecía una cantidad mensual para sus gastos extravagantemente elevada, y otra aún más generosa como compensación al final de su relación. ¿Cómo iba a luchar contra él? Lo único que le importaba en aquellos momentos era ver a Callie, cuidar de ella y asegurarse de que recibía el amor que necesitaba. No estaba dispuesta a perder aquella oportunidad.

–¿Vas a firmar o no?
–Si firmo ahora, ¿cuándo podré ver a Callie?
–Mañana.

Eli respiró profundamente y se puso en pie para dejar el documento en la mesa.

–Firmaré.

Aristandros hizo entrar a dos abogados que fueron testigos de la firma del acuerdo. Eli no se atrevió a mirarlo a los ojos, pues Aristandros le había hecho sentirse como una prostituta que estuviera vendiéndole no sólo su cuerpo, sino también su voluntad.

–¿Y ahora qué? –preguntó cuando se quedaron a solas.

–Esto... –Aristandros la rodeó con sus brazos, la tomó por la barbilla, le hizo alzar el rostro y la besó. El cuerpo de Eli reaccionó al instante. La masculina urgencia de Aristandros resultaba increíblemente excitante. Una incontenible oleada de anhelo sexual se adueñó de ella. Impulsada por la tensa sensibilidad de sus pechos y el húmedo calor que rezumó entre sus muslos, se pegó al musculoso y fuerte pecho de Aristandros. Cuando él la tomó por las caderas y la atrajo hacia sí para hacerle sentir su poderosa erección, un ronco e involuntario gemido escapó de la garganta de Eli.

Aristandros apartó su atractivo y moreno rostro y le dedicó una sonrisa de auténtico depredador.

—Fría por fuera y ardiente por dentro, *koukla mou*. ¿Cuántos hombres más ha habido en tu vida?

Eli lo odió con toda su alma por haberse atrevido a hacerle aquella insolente pregunta.

—Unos cuantos —mintió sin dudarlo, decidida a ocultar que, hasta entonces, sólo él había sido capaz de despertar aquella respuesta en ella—. Soy una mujer apasionada.

La mirada de Aristandros pareció helarse.

—Evidentemente. Pero a partir de ahora toda esa pasión es mía. ¿Comprendido?

Eli adoptó una expresión de mujer fatal y parpadeó.

—Por supuesto —tras un momento de silencio, añadió—: Y ahora, ¿vas a decirme cómo es Callie?

Aristandros pareció sorprendido por la pregunta.

—Es un bebé. ¿Qué puede decirse de un bebé? Es bonita... tranquila, buena; apenas se nota que está.

Eli bajó la mirada para ocultar su preocupación. Un bebé de dieciocho meses debía ser animado, curioso, charlatán... casi todo menos callado y discreto. Evidentemente, su sobrina aún sufría los efectos de la pérdida de sus padres.

—¿Tienes una relación cercana con ella?

—Por supuesto. Y ahora, si eso es todo, la limusina te está esperando. Tienes un compromiso al que asistir.

—¿Dónde?

—Esta noche voy a llevarte a la inauguración de una galería. Necesitarás ropa.

—Tengo ropa.

—Pero no la adecuada para mi vida social. Nos vemos luego —dijo Aristandros antes de salir de la sala.

Eli tomó su copia del acuerdo y volvió a la limusina. El conductor la llevó a un salón de diseño. Era evidente que su visita estaba programada. La condujeron directamente a una sala en la que le tomaron medidas. Unos minutos después le llevaron varios vestidos para que se los probara.

–Al señor Xenakis le gustaba especialmente éste para el acontecimiento de esta tarde.

Asombrada por el hecho de que Aristandros hubiera utilizado su valioso tiempo para preocuparse hasta aquel punto por su aspecto, Eli se contuvo de decir que aquel vestido no era para nada su estilo.

Trató de centrar sus pensamientos en Callie y se probó el vestido sin hacer comentarios. Se mostró igualmente tolerante con el resto de prendas que le llevaron, incluso con la absurda y frívola colección de lencería que le presentaron. Desafortunadamente, la perspectiva de tener que ponerse aquellas provocativas prendas para Aristandros le puso al borde de un ataque de pánico. De pronto lamentó haber hecho gala de una experiencia de la que carecía.

A continuación, el chófer la llevó a un salón de belleza. Mientras la peinaban y maquillaban, Eli pensó con ironía que por algo la llamaba Aristandros *koukla mou*, «mi muñeca».

Después fue conducida hasta el ático de tres niveles que Aristandros tenía junto a Hyde Park. Lujosas cantidades de espacio parecían partir en todas direcciones desde el impresionante vestíbulo de entrada. Eli fue inmediatamente guiada con su compra hasta el dormitorio principal. Una piscina destellaba tras las puertas de un patio lleno de plantas. Una doncella que se dirigió a ella en griego le mostró con orgullo el amplio vestidor del dormitorio y el opulento baño de mármol.

Eli apenas podía apartar la atención de la enorme

cama que ocupaba el centro del dormitorio. Era tan grande que Aristandros iba a tener que correr alrededor de ella para atraparla, pensó absurdamente mientras su corazón empezaba a latir más y más deprisa. Sexo con Aristandros... algo con lo que había soñado siete años antes y que ahora le parecía una amenaza. Pero si, como solía decirse, la práctica llevaba a la perfección, Aristandros debía de haberse convertido en un maestro de aquel arte.

Tras tomar una ducha seleccionó un sujetador de encaje color turquesa y unas braguitas a juego. Tras ponérselos posó ante el espejo y notó cómo se ceñía el sujetador a la plenitud de sus pechos y las braguitas a la curva de sus caderas, por no mencionar otras partes más íntimas. Justo en aquel momento se abrió la puerta sin previa advertencia y Eli se cubrió rápidamente con una toalla.

Aristandros estaba en el umbral de la puerta, más alto y poderoso que nunca.

–Deberías haber cerrado la puerta si no querías compañía –dijo en tono burlón–. Para ser una mujer que ha estado con unos cuantos hombres, y te cito textualmente, pareces muy tímida.

Eli alzó la barbilla con gesto retador.

–¡No hay un gramo de timidez en mi cuerpo!

–Suelta la toalla y demuéstralo.

Eli abrió la mano con que sostenía la toalla y la dejó caer al suelo. Sabía que era una tontería, pero se sentía diez veces más desnuda con aquella ropa interior que si no hubiera llevado nada.

Aristandros la miró sin tratar de ocultar que estaba disfrutando con la visión de sus seductoras curvas.

–Va a merecer la penas desnudarte, *glikia mou*.

Eli sintió que se le secaba la boca cuando Aristandros dio un paso hacia ella, la tomó con ambas manos por las caderas y la alzó para dejarla sentada sobre el mármol del lavabo.

–¿Qué haces? –preguntó, desconcertada.

–Apreciarte –murmuró Aristandros a la vez que se inclinaba hacia ella y aspiraba el aroma de su piel.

Por fin tenía a Eli donde quería. Aquél fue un momento de suprema satisfacción para él. Apoyó los labios contra la tierna y palpitante piel de la base de su cuello. La saboreó con la punta de la lengua a la vez que alzaba las manos para retirar los tirantes del sujetador de sus hombros y liberar sus respingones pechos de su confinamiento.

–Eres perfecta –murmuró mientras tomaba en una mano uno de sus pechos y acariciaba con el pulgar su rosada cima.

Eli estaba desprevenida para enfrentarse a aquel reto sexual antes del anochecer. La sensibilidad de sus pezones era casi insoportable. Echó la cabeza atrás y un gemido escapó de su garganta mientras Ari seguía acariciándola. Una involuntaria oleada de placer recorrió su cuerpo cuando él inclinó la cabeza y tomó entre los labios uno de sus pezones. Un intenso deseo se estaba apoderando a marchas forzadas de su traidor cuerpo.

Aristandros alzó el rostro para besarla en los labios y hundir la lengua en el cálido interior de su boca a la vez que la acariciaba con dedos expertos entre las piernas, haciéndole estremecerse.

Sin prisas, introdujo sus dedos por el lateral de las braguitas de Eli y los movió en lentos círculos en torno al centro de su deseo. Eli sintió que su voluntad la abandonaba por completo mientras Aristandros la sometía a su erótica maestría. Muy pronto alcanzó el punto en que podría haber llorado de frustración a la vez que le rogaba que la tomara allí mismo.

Un ronco gemido escapó de la garganta de Aristandros cuando ella lo atrajo hacía sí con manos frenéticas, en busca del contacto físico que su posición les negaba.

–Respira hondo, *khriso mou* –murmuró–. Tenemos que asistir a la inauguración de una galería y yo necesito una ducha...

–¿A la inauguración de una galería? –Eli tuvo que hacer verdaderos esfuerzos para recuperar su capacidad de pensamiento racional. Fue como salir de un coma. Le abochornó darse cuenta de que Aristandros había estado a punto de seducirla en su baño para luego tratar de irse hacia la ducha mientras ella seguía aferrada a él.

Apartó sus manos de él como si le quemara.

–Por supuesto.

–No tenemos tiempo –Aristandros la alzó del mármol con sus poderosas manos–. No quiero tratarte con prisas –murmuró roncamente–. Quiero disfrutar a fondo de ti.

–¡Tratarme con prisas! –repitió Eli con desdén.

–Me deseas –replicó él con satisfacción–. Llegará el momento en que te dará igual cómo te tome... lo único que te importará será que lo haga.

Aquellas palabras fueron como un cubo de agua fría para Eli.

–¡Jamás! ¡Antes preferiría morirme!

Una sonrisa casi voraz curvó la perfecta boca de Aristandros.

—Conozco a las mujeres; nunca me equivoco...

—¡Te equivocaste una vez! —le recordó Eli sin pensárselo dos veces.

La expresión de Aristandros se endureció al instante.

—No entres en eso —advirtió.

Lamentando sus imprudentes palabras, Eli se apartó de él y volvió al dormitorio mientras recordaba el breve instante de alegría que experimentó cuando Aristandros le dijo que quería casarse con ella. Pero su felicidad se transformó en horror un instante después, cuando Aristandros anunció públicamente sus planes y añadió que ella iba a renunciar a sus estudios de medicina para concentrarse en ser una esposa y madre. Minutos después mantuvieron una acalorada disputa en la que quedó claro que Aristandros podía ser tan inflexible como una roca cuando se lo proponía. Ante la negativa de Eli, la rechazó por completo. Con él no había medias tintas. Para ella, la ruptura fue tan cruel e injusta como una muerte repentina.

Pero al menos ahora sabía qué esperar de Aristandros Xenakis. Si volvía a hacer algo que lo disgustara, no habría una segunda oportunidad...

Capítulo 4

CASI lo olvido –dijo Aristandros, que entró en una habitación llena de libros que daba al pasillo mientras Eli se detenía en el umbral.

Eli vio que tomaba una cajita alargada de un escritorio.

–Ven aquí –dijo Aristandros con su habitual impaciencia–. No puedes salir sin joyas.

–No tengo ninguna –confesó Eli.

–Yo voy a empezar tu colección.

Aristandros sacó de la caja un collar de diamantes mientras Eli se aproximaba a él.

–Date la vuelta.

–¡No lo quiero! –dijo Eli con firmeza. Había tolerado lo de la ropa, pero aquello era demasiado.

–Pero yo quiero que te lo pongas –Aristandros la tomó por los hombros sin miramientos y le hizo darse la vuelta.

Eli se estremeció al sentir el roce de sus dedos en el cuello mientras le ponía el collar. Tras hacerle darse la vuelta de nuevo, Aristandros la contempló con una satisfacción que no mermó la abierta hostilidad de su mirada.

Eli se sorprendió al ver la cantidad de gente que había en la inauguración. Nunca habría soñado con ver tanta gente bien vestida y tantas celebridades reunidas en el mismo sitio. Y tampoco había recibido nunca tanta atención. En el momento en que entró en la sala del brazo de Aristandros, todas las mujeres volvieron la cabeza en su dirección. Un murmullo de conjeturas acompañó su paso entre la multitud. Mientras Ari conversaba con uno de los escultores que exponía en la galería, Eli se dedicó a mirar los cuadros expuestos. Estaba contemplando un atractivo paisaje marino cuando fue abordada por una pelirroja alta de piernas larguísimas y cuerpo escultural vestida con un diminuto vestido de raso blanco.

–De manera que tú eres mi sustituta –espetó sin preámbulos–. ¿Quién diablos eres? ¿Cuándo te conoció Aristandros?

Eli ya sabía quién era. Se trataba de Milly, una supermodelo y, probablemente, la última ex de Aristandros. No dijo nada, porque había captado el brillo de las lágrimas en sus ojos y su afligida expresión.

–No recibirás ninguna advertencia de que todo ha acabado. Un día estás dentro y el mundo es tu ostra, y al día siguiente estás fuera y no puedes hacer nada al respecto. Él ya no responde a tus llamadas y todo el mundo te da con la puerta en las narices.

–Tiene que haber opciones más seguras y gratificantes para una mujer tan joven y guapa como tú –dijo Eli, tratando de infundirle ánimos–. No le des la satisfacción de saber que te importa.

Milly la miró con expresión de asombro.

–¿Estás siendo amable conmigo? ¿No estás celosa?

–No –contestó Eli con dignidad–. No soy del tipo celoso.

De pronto notó que Milly apartaba la atención de ella.

–Milly –saludó Aristandros a sus espaldas.

Milly giró sobre sus talones y se perdió entre la multitud.

–De manera que no eres celosa –añadió Aristandros con ironía.

–Por supuesto que no –aseguró Eli, pensando en los siete años que había pasado leyendo sobre sus aventuras con incontables mujeres. Fuera donde fuese, Aristandros se convertía en el objetivo de toda mujer ambiciosa. Era un hecho de la vida y, mientras siguiera siendo tan rico y atractivo, no era probable que la situación fuera a cambiar.

Aristandros señaló el cuadro que había estado mirando Eli.

–Me recuerda a Lykos... la playa que hay bajo la casa –comentó a la vez que inclinaba la cabeza hacia el dueño de la galería, que estaba cerca de ellos–. Nos lo quedamos.

Aristandros había heredado la isla griega de Lykos por parte de la familia de su madre.

Eli recordó la ocasión en que estuvo con él de picnic en la isla. Aristandros le habló de los planes que tenía para revitalizar la economía de Lykos e impedir que la población dejara de disminuir. Le impresionó mucho su sentido de la responsabilidad por la aislada comunidad de la isla.

–¿Dónde vas a colgar el cuadro? –preguntó Aristandros cuando salieron de la galería.

Eli no ocultó su sorpresa.

–¿Dónde voy a colgarlo? –repitió–. ¿Estás diciendo que lo has comprado para mí?

–¿Por qué no?

–Porque no quiero que me compres cosas como ésa.

¡Resulta indecente el modo en que gastas tu dinero conmigo! —siseó Eli mientras se encaminaban hacia la limusina.

Unas barreras de protección impedían que los miembros de la prensa reunidos en la entrada se acercaran demasiado a ellos. Eli parpadeó como un búho mientras destellaban los flashes de las cámaras y los periodistas bombardeaban con preguntas a Aristandros, que permaneció impasible hasta que estuvieron dentro de la limusina.

—Por supuesto que te voy a comprar cosas —dijo en cuanto estuvieron sentados—. Más vale que te vayas acostumbrando.

—Sólo estoy aquí por Callie. Mi única recompensa va a ser estar con ella.

Aristandros entrecerró los ojos y la miró con irónica dureza.

—A ningún hombre le gusta que le digan que su único atractivo reside en un bebé de dieciocho meses, *khriso mou*.

Eli irguió su pálida cabeza.

—¿Aunque sea cierto?

—Pero no lo es. Es una mentira de la que deberías avergonzarte —replicó Aristandros en tono despectivo—. Me deseas tanto como me deseabas hace siete años. No utilices a la niña de excusa.

—No es una excusa. Puede que te encuentre ocasionalmente atractivo... pero no habría hecho nada al respecto.

—¿Demasiado timorata? No cumplía los requisitos de tu estrecha mentalidad, de manera que el hecho de que nos deseáramos mutuamente no significó nada para ti.

–No seas ridículo... ¡por supuesto que significó algo! –replicó Eli–. Pero tú querías que fuera algo que no podía ser.

Aristandros cerró con fuerza su mano en torno a la de ella para forzarla a mirarlo.

–Sólo quería que fueras una mujer, no una feminista alborotadora...

Eli lo miró con resentimiento.

–Nunca he sido una alborotadora. Sólo fui razonable. Queríamos cosas totalmente distintas de la vida. Nuestra relación no habría funcionado.

–El tiempo lo dirá, sin duda –dijo Aristandros a la vez que la soltaba.

El silencio se adueñó de la limusina durante el resto del trayecto. Eli aún no podía creer ni aceptar que estuvieran a punto de compartir la cama. Una vez en el ático, ella dijo:

–Si la pintura es mía, la colgaré aquí en algún sitio –dijo de pronto, sucumbiendo a la repentina necesidad de aliviar la tensa atmósfera reinante–. Porque de momento no tengo otro sitio en que vivir.

Aristandros le dedicó una sonrisa satisfecha, como si la sombría afirmación de Eli hubiera resultado reconfortante para él.

–Ahora vives donde vivo yo.

Un involuntario escalofrío recorrió la espalda de Eli cuando se hizo consciente del nivel de dependencia que implicaba aquella afirmación de Aristandros.

El alto y poderoso griego la tomó de las manos para que se volviera hacia él.

–No luches contra lo inevitable. Acepta los cambios que se van a producir en tu vida. Puede que incluso acabes disfrutando de ellos.

—¡Eso nunca!

—Ninguna otra mujer se ha atrevido nunca a enfrentarse a mí como lo haces tú —dijo él en tono de indulgencia—. Eres verdaderamente única.

Eli cerró los ojos, de manera que cuando Aristandros inclinó la cabeza para besarla su única arma fue su rabia. Pero cuando apoyó las manos contra su pecho para apartarlo de su lado, se lo pensó dos veces. Había hecho un pacto con el diablo y había llegado la hora de pagar. Mientras Aristandros la besaba, permaneció rígida como una estatua. Pero él jugueteó con su lengua y sus labios hasta que Eli dejó de pensar con claridad y su resistencia comenzó a debilitarse.

Con un masculino gruñido de aprobación, Aristandros la tomó en brazos y la llevó al dormitorio.

El corazón de Eli latía tan rápido que apenas podía respirar. Cuando Aristandros la dejó en la cama, ella agitó los pies para quitarse los zapatos. Una cálida vaharada de aire acarició su espalda cuando él le bajó la cremallera del vestido. Los besos de Aristandros, las caricias de su lengua entre sus labios entreabiertos, actuaron como un increíble afrodisíaco que despertó cada célula del cuerpo de Eli. Por un instante se quedó conmocionada al reconocer que lo deseaba y necesitaba tanto como el aire que respiraba. Una intensa sensación de culpabilidad se apoderó de ella al reconocer con amargura que era más débil de lo que pensaba.

—Déjalo ya —murmuró Aristandros.

—¿Cómo? —preguntó Eli, desconcertada.

—Deja de pensar en lo que estás pensando. Más que una mujer pareces una momia egipcia.

Eli no pudo evitar que el rubor cubriera sus mejillas.

—De hecho, no pienses en absoluto. Esto es sexo.

No tienes que desmenuzarlo en trocitos para analizarlos bajo un microscopio. Sé espontánea, natural...

—¿Natural? —repitió Eli despectivamente—. ¡Esto es lo más antinatural que he hecho nunca!

—Sólo porque te empeñas en luchar contra lo que te hago sentir.

El hecho de que reconociera su lucha sorprendió a Eli, pues nunca habría esperado que Aristandros la comprendiera tan bien. Pero si quería que su acuerdo funcionara, debía dejar de juzgarlo y de esperar de él más de lo que estaba dispuesto a darle.

—¿Cuántos hombres dijiste? —preguntó él mientras empezaba a desvestirse.

—¡No mencioné ninguna cantidad! —replicó Eli a la defensiva.

La expresión de Aristandros adquirió un matiz irónico mientras seguía desvistiéndose. Eli fue incapaz de apartar la mirada de su poderoso torso, de sus músculos. También estaba magníficamente dotado... y excitado. Sintió que se le secaba la garganta y temió que su corazón se acabara desbocando.

—¿Menos de cincuenta? —preguntó Aristandros en tono desenfadado.

Eli le lanzó una mirada horrorizada.

—Definitivamente, menos de cincuenta —decidió Aristandros.

—¡Eso no es asunto tuyo!

—Sal de debajo de la sábana.

Con una serie de violentos movimientos, Eli apartó la sábana y se apoyó contra las almohadas en una exagerada pose de modelo.

—¿Satisfecho?

Aristandros posó la mirada con evidente aprecio sobre los pechos de Eli, apenas ocultos por su sujetador de encaje.

—Todavía no. Quítatelo todo, *glikia mou*.

Eli abrió los ojos de par en par.

—¿Todo?

Aristandros asintió. Eli permaneció un momento quieta y luego salió de la cama. Con gesto desafiante, se quitó el sujetador y luego las braguitas.

Aristandros se acercó a ella y la tomó en brazos.

—Siento que llevo toda la vida esperándote —murmuró, antes de reclamar la delicada boca de Eli en un beso casi salvaje a la vez que acariciaba sus pechos.

El cuerpo de Eli revivió con una inmediatez casi dolorosa. Oleadas de agridulce anhelo la recorrieron desde la cima de sus pechos hasta su pelvis y despertaron en ella una sensación de vacío que fue inmediatamente seguida por una intensa punzada de deseo que hizo que sus músculos se contrajeran. La erótica exploración de la lengua de Ari aplacó en parte su ansiedad, pero sólo en otra ocasión había experimentado aquella necesidad y, como entonces, su poder y su fuerza la asustaron. Sin embargo, instintivamente, alzó las caderas y separó las piernas, buscando un contacto más íntimo con él.

Aristandros alzó la cabeza para mirar sus ruborizadas mejillas y el inflamado contorno de su boca.

—Disfrutarás mucho más cuando dejes a un lado ese rígido autocontrol.

—No te burles de mí...

—No me estoy burlando. Quiero que ésta sea una noche inolvidable para ti.

Eli estaba tan tensa que apenas podía pensar. Era evidente que, también entre las sábanas, Aristandros, el macho alfa definitivo, estaba empeñado en conseguir el mejor resultado posible. Al mismo tiempo, era tan atractivo que su corazón se inflamaba sólo con mirarlo.

En un movimiento puramente instintivo, pasó una mano tras su nuca y lo atrajo hacia sí para que la besara de nuevo. Él la miró con evidente sorpresa.

–Hablas demasiado –murmuró Eli.

Aristandros rió antes de besarla con irrefrenable pasión. La excitación que se adueñó de nuevo de Eli acabó con el resto de sus defensas.

–*Se thelo*... te deseo –dijo él con voz ronca–. Cuando reaccionas así a mis besos me vuelves loco, *khriso mou*.

Eli se retorció y gimió cuando Aristandros comenzó a acariciarla entre los muslos. Estaba tan sensibilizada y él era tan hábil que le fue imposible permanecer quieta y callada. Experimentó una exquisita sensación de placer mientras él acariciaba con dedos expertos el centro de su deseo. Toda contención había desaparecido. Todo su ser estaba concentrado en la palpitante necesidad que Aristandros había despertado en ella. El deseo fue creciendo y creciendo hasta que sintió que todo su cuerpo estaba suspendido en el filo de una navaja, poseído por una tensión y un anhelo intolerables. Cuando, finalmente, Aristandros la llevó hasta el clímax, fue como si algo estallara en su pelvis para convertirse poco a poco en una sucesión de maravillosas oleadas de placer que la recorrieron entera.

Aún estaba anonadada por la intensidad de la experiencia cuando Aristandros se situó entre sus piernas y deslizó las manos bajo sus caderas para alzarla. Tanteó con su poderosa erección la húmeda y sensual abertura de Eli, que dejó escapar un gritito debido a la mezcla de extrañeza y deseo que le produjo aquella sensación. Ari trató de penetrarla más, pero, por un instante, el cuerpo de Eli pareció resistirse. Con una exclamación apenas reprimida, Aristandros le echó hacia atrás las rodillas para poder penetrarla mejor. Eli volvió a gritar ante el repentino placer sensual que le produjo la penetración. Con el corazón desbocado, Eli se arqueó hacia él, ardiendo de excitación y renovado deseo. Nunca había sentido algo tan asombroso. Estaba embrujada por el dominio masculino de Aristandros y por el maravilloso placer que estaba haciendo crecer en su interior con sus movimientos. Unos instantes después alcanzaba un nuevo e increíble clímax. Aturdida por la explosiva intensidad del placer que experimentó, ya estaba más preparada cuando volvió a suceder de nuevo, antes de que Aristandros alcanzara su propia liberación.

Tras aquella apabullante experiencia, Eli se sintió conmocionada y tan débil como un gatito recién nacido.

–Mi sueño hecho realidad –murmuró Aristandros mientras se estiraba como una pantera al sol. Besó a Eli en la frente y la miró si ocultar su satisfacción–. Una mujer multiorgásmica que incendia mi cama, *khriso mou*.

Eli se sentía avergonzada por su incontrolada respuesta. No podía negar que el sexo con Aristandros había demostrado ser una actividad extremadamente placentera. Pero, fuera justo o no, lo odiaba porque le había hecho disfrutar.

Decepcionada consigo misma, apartó la mirada. Había planeado tolerar que Aristandros le hiciera el amor, no dejarle con la impresión de que era un amante asombroso.

–Y tan bonita –añadió Aristandros a la vez que apartaba un mechón de pelo de la frente de Eli–. Aunque notablemente inventiva con la verdad.

Indignada, Eli se apartó de él.

—¿Qué quieres decir con eso?

—Dijiste que habías tenido varios amantes, pero yo creo que no has tenido ninguno.

—¡Pues te equivocas! —siseó Eli, furiosa.

Aristandros la tomó de la mano para evitar que bajara de la cama.

—Nunca había compartido la cama con una virgen, pero me ha costado tanto penetrarte como si lo fueras.

Ofendida por la intimidad de aquel comentario. Eli liberó su mano de un tirón.

—Eso te gustaría, ¿verdad? —dijo, ruborizada—. No hay duda de que eres griego hasta la médula. Te has acostado con cientos de mujeres, pero no quieres una que haya disfrutado de la misma libertad. ¡De hecho, tu definitiva e hipócrita fantasía es una virgen!

—No me hables en ese tono —advirtió Aristandros con frialdad.

—*Se miso.* ¡Te odio! —espetó Eli a la vez que corría a refugiarse en el baño. Estaba temblando y a punto de llorar. Aristandros se había convertido en su primer amante, pero habría preferido que le cortaran la lengua antes que admitirlo ante él. No quería darle aquella satisfacción. No quería que supiera que desde que él había salido de su vida, diciéndole que lamentaría haberlo rechazado hasta el día de su muerte, no había intimado con ningún hombre. Había conocido a otros, por supuesto, pero, desgraciadamente, a ninguno que ejerciera el mismo efecto sobre ella que Aristandros Xenakis.

Tras años de actividad atlética y después de la donación de óvulos a su hermana, había confiado en que Ari nunca llegara a tener motivo para adivinar la verdad...

Acaba de envolverse en la toalla tras tomar una ducha cuando llamaron a la puerta. La abrió de par en par.

—¿Qué pasa ahora? —espetó.

—¿Qué te pasa? —preguntó Aristandros con aspereza—. Lo pasamos bien juntos. Mañana vas a conocer a Callie. ¿Cuál es el problema?

La mención del nombre de su sobrina y el tácito recuerdo de su acuerdo bastaron para que Eli se calmara.

—No me pasa nada. Ha sido un día muy largo y supongo que estoy cansada —murmuró a la vez que rodeaba a Aristandros para salir del baño.

Tras ponerse un camisón en el vestidor, volvió a la cama, recriminándose por su comportamiento. Se estaba portando como una estúpida. Enfrentarse a Aristandros era una estupidez. Era ella la que más tenía que perder. No era un hombre acostumbrado a que lo trataran así, y estaba convencida de que no iba a tolerar aquella actitud.

Al amanecer de la mañana siguiente oyó que Aristandros se estaba duchando y que salía del dormitorio tras vestirse. Volvió a quedarse dormida hasta que una doncella la despertó un par de horas después y le comunicó que Aristandros iba a desayunar con ella cuando estuviera lista. Consciente de que en unas horas iba a conocer a Callie, salió de la cama y se vistió rápidamente. Sin aliento, tensa, entró en el moderno comedor.

—Buenos días —saludó. Cada célula de su cuerpo se puso alerta cuando Aristandros se levantó.

Haber mantenido relaciones sexuales con él había exacerbado la sensación que le producía su cercanía. Incómodamente consciente del íntimo dolor que sentía entre los muslos, sintió que se ruborizaba.

Aristandros le dedicó una mirada que no reveló nada más allá de la fría seguridad que tenía en sí mismo.

Por algún motivo, Eli recordó su primera cita, siete años atrás, cuando Aristandros despertó a toda su familia al presentarse sin previo aviso en su casa para llevársela a navegar en su yate. Su padre lo lisonjeó hasta un grado insoportable mientras los hermanastros gemelos de Eli permanecían indecisos, sin saber si aprobar o desaprobar que un Xenakis con fama de mujeriego se mostrara interesado por una de sus hermanas.

Tras sentarse a la mesa, Eli se sorprendió al comprobar el apetito que tenía. Tomó un buen desayuno antes de preguntar, tensa:

—¿Va a venir Callie aquí?

—No. Nos espera en el *Hellenic Lady* con su niñera. Vamos a volver navegando a Grecia.

Como toda su familia, Aristandros no era nunca más feliz que cuando estaba en un barco.

—Espero gustarle —murmuró Eli.

—Por supuesto que le gustarás —dijo Aristandros a la vez que la miraba con evidente aprecio masculino—. También tiene suerte de que esta mañana te haya dejado salir de la cama —añadió a la vez que apoyaba una mano en el muslo de Eli para que volviera el rostro hacia él—. Habría querido tenerte despierta toda la noche. La moderación no es precisamente mi estilo, *koukla mou*...

Consciente del evidente deseo que reflejó la mirada de Ari, Eli se inclinó hacia él instintivamente para acelerar el encuentro de sus labios. No habría podido explicar qué la impulsó a hacer aquel movimiento, pero aquel espontáneo beso fue increíblemente dulce y embriagador e hizo que cada célula de su cuerpo respondiera con vibrante energía. Unos instantes después Ari la tomó en brazos. Eli experimentó una intensa excitación mientras la llevaba de vuelta al dormitorio...

Capítulo 5

ELI estaba tan tensa a causa de la anticipación que el corazón casi se le salió del pecho cuando vio a Callie en el salón del yate.

Le bastó una mirada para reconocer hasta qué punto se parecía su hija biológica a ella. Tenían el mismo pelo y los mismos ojos. ¿Sería aquel parecido lo que despertó la inseguridad de Susie como madre? La niña alzó la mirada al oírlos y se fijó en Aristandros. Pero, en lugar de correr a saludarlo, como Eli esperaba, se limitó a saludarlo con un movimiento de la mano que él devolvió.

–Siempre sonríe cuando me ve –comentó Aristandros, evidentemente satisfecho con el estilo de su saludo.

Eli se acercó a la niña y se acuclilló ante ella. Mientras la miraba con curiosidad con sus ojitos azules, Callie alzó una mano para tocarle el pelo, tan pálido como el suyo, pero la retiró enseguida.

Eli empezó a hablar para presentarse y tranquilizarla, y unos minutos después había olvidado por completo la presencia de Aristandros y de la niñera griega que se hallaba al otro lado del salón. Cuando los recordó y se volvió, comprobó que Aristandros se había ido.

Un rato después un camarero llevó unos refrescos y

Eli se sentó a charlar con Kasma, la joven niñera de Callie, para que le pusiera al tanto de las rutinas de la niña. Mientras hablaban hizo un sombrero con una servilleta de papel para su sobrina, que se estaba poniendo inquieta. Finalmente consintió en sentarse en su regazo para beber un poco de zumo. Al sentir la calidez y el peso del cuerpecito de la niña, Eli tuvo que hacer un esfuerzo por contener las lágrimas; aquél era un momento que había temido no llegar a experimentar nunca, y sintió que todos los sacrificios que estaba haciendo merecían la pena.

Kasma tenía mucha cosas interesantes que decirle, aunque admiraba demasiado a Aristandros como para implicar en sus comentarios la más mínima crítica a su empleador. A pesar de todo, lo que Eli averiguó a través de sutiles preguntas la convenció de que Aristandros carecía de toda habilidad como padre, y de que probablemente no tenía ningún interés en rectificar aquella conducta. Para entonces Callie se había quedado profundamente dormida en sus brazos y Eli siguió a Kasma hasta la cabina que hacía funciones de habitación de la niña.

Tras dejar a Callie acostada, Eli fue a la cabina principal a tomar una ducha. No pudo dejar de sonreír mientras recordaba la tarde que acababa de pasar. Las horas habían volado mientras estaba con Callie. Una camarera acudió a decirle que Aristandros la esperaba en el salón. Mientras terminaba de secarse el pelo, Eli no pudo evitar recordar la erótica excitación y el exquisito placer que había experimentado una vez más entre sus brazos aquella mañana.

–Cambio de planes –anunció Aristandros cuando se reunió con él–. Volamos a París dentro de una hora.

–¿A París? ¿Por qué?

–Unos amigos celebran una fiesta y estoy deseando mostrarte a todo el mundo.

–Pero Callie está en la cama y agotada –le recordó Eli, incómoda–. Acaba de volar desde Grecia.

Aristandros se encogió de hombros

–Puede dormir durante el vuelo. Los niños son muy resistentes. Para la edad de Callie yo ya había dado varias veces la vuelta al mundo con mis padres. ¿Qué tal te has llevado con ella?

–Muy bien, pero nos llevará un tiempo crear los lazos afectivos necesarios.

–A pesar de todo, seguro que serás mejor madre de lo que Susie lo fue nunca.

Asombrada y enfadada por el tono despectivo de Aristandros, Eli saltó de inmediato en defensa de su hermana.

–¿Por qué dices eso?

–No me asusta la verdad, y la muerte no convierte en santo a nadie. Nunca debiste aceptar donar a tu hermana tus óvulos. Susie fue incapaz de asimilarlo. Habría sido preferible que hubiera elegido una donante anónima.

–¿De qué estás hablando? –preguntó Eli, irritada.

Aristandros no ocultó su impaciencia.

–No me digas que no sabes que Susie estaba terriblemente celosa de ti. La superabas en belleza e inteligencia, y encima atrajiste mi interés.

–¡Eso es una tontería!

–No lo es. Susie trató de camelarme mucho antes de sentirse atraída por Timon, pero yo no piqué el anzuelo.

Eli se quedó totalmente desconcertada. ¿Susie se

había sentido atraída por Aristandros? Nunca se le había ocurrido pensar en aquella posibilidad.

–¿Eso es cierto?

Aristandros frunció el ceño.

–¿Por qué iba a mentirte? No me gustó que Susie empezara a salir con Timon, pero mi primo estaba totalmente colado por ella.

Eli se puso pálida. De pronto, toda una serie de detalles que no había entendido, pero que le habían producido una sensación inquietante, adquirieron sentido; los constantes e indiscretos comentarios de su hermana sobre la incapacidad de Ari para mantener la fidelidad cuando ella había estado saliendo con él; sus repetidas acusaciones de que no sabía apreciar lo que tenía...

–Hiciera lo que hiciese Susie, Timon la perdonaba porque la amaba. Pero cuando tú hiciste posible que tuvieran un bebé y Susie lo rechazó, Timon no pudo aceptarlo.

–¿Susie rechazó a Callie? –repitió Eli, anonadada–. ¿Por qué? ¿Cómo?

–Hizo que su servicio doméstico se ocupara de ella. Después de tener a Callie la rechazó. Timon estaba desesperado. Consultó a numerosos médicos, pero Susie se negó a hablar con ninguno de ellos. Finalmente, Timon empezó a hablar de divorciarse de Susie y de solicitar la custodia de la niña. Su matrimonio estaba a punto de desmoronarse cuando murieron.

–No sabía que la situación era tan... seria –dijo Eli, consternada–. Si lo hubiera sabido, si Susie hubiera querido verme y hablar conmigo tras el nacimiento de Callie, tal vez podría...

–Tú eres la última persona que podría haberla ayudado. Estaba demasiado celosa de ti.

—Es muy posible que Susie estuviera sufriendo una severa depresión posparto. ¿Mi familia no trató de ayudarla?

—No creo que fueran consciente de las dimensiones del problema, o que quisieran implicarse una vez que comprendieron que el matrimonio de Susie corría grave peligro.

Eli sabía que, en aquellas circunstancias, su dominante padrastro habría instado a su madre a ocuparse de sus propios asuntos, y que su madre no habría tenido el valor de enfrentarse a él. Aquello le produjo una tristeza insoportable. ¿Habría sufrido Susie una depresión? Pero ni siquiera Timon había logrado persuadirla para que buscara ayuda profesional.

La pobre Callie había vivido insegura y con problemas desde el momento de su nacimiento. No era de extrañar que fuera tan callada y que pareciera un poco retrasada en cuanto a su desarrollo.

—¿Cuánto tiempo has pasado con Callie? —preguntó.

Aristandros miró a Eli con cautela, como si pensara que aquélla era una pregunta trampa.

—La veo siempre que estamos bajo el mismo techo.

—¿Pero juegas con ella? ¿Hablas con ella? ¿La tienes en brazos?

Aristandros hizo un gesto de desagrado.

—No soy un tipo especialmente cariñoso. Para eso estás tú aquí.

Eli respiró profundamente y se puso en pie.

—No quiero ofenderte, pero tengo que ser franca. De momento, todo lo que pareces hacer es saludarla desde el umbral de la puerta de su cuarto un par de veces al día.

Aristandros frunció el ceño y alzó las manos ante el tono de censura de Eli.

—Es un pequeño juego al que jugamos. ¿Qué daño puede hacer?

Eli estaba haciendo verdaderos esfuerzos para contener su genio. Aristandros no podía ser tan obtuso como para no darse cuenta de que estaba jugando a ser padre a distancia.

—Callie necesita que la acaricien, que le hablen y que jueguen con ella. El motivo de que no corra a abrazarte cuando te ve es que la has acostumbrado a saludarte a distancia... y así es como te gusta que sean las cosas, ¿verdad?

—¿Y qué se supone que debo hacer con un bebé? —protestó Aristandros, impaciente—. Soy un hombre muy ocupado y hago lo que puedo.

—Ya lo sé, pero necesitas un poco de orientación —murmuró Eli mientras se preguntaba si aquélla fue toda la atención que recibió Ari de sus disfuncionales padres—. Entonces serás un padre brillante, porque siempre haces bien aquello que te propones.

Los oscuros ojos de Ari destellaron peligrosamente mientras su boca se curvaba en una perversa semisonrisa.

—Los halagos no te llevarán a ningún sitio conmigo.

—¿Te replantearás lo de volar a París... por el bien de Callie? —preguntó Eli con suavidad.

—No te va mostrarte dulce y dócil.

Eli alzó levemente la barbilla, dolida por el tono despectivo de Aristandros.

—Sólo trataba de ser diplomática.

—No me gusta. Tampoco te va. ¿Necesito recordarte que soy yo quien toma la decisiones en todo lo referente a Callie?

Eli se puso pálida. Estaba claro que Aristandros

pretendía hacerle cumplir su acuerdo al pie de la letra. Había prometido no entrometerse en la educación de Callie, pero iba a ser muy difícil ocuparse de ella siguiendo aquellas absurdas reglas.

–Nosotros somos lo primero, no la niña. No permitas que el tema de su educación se entrometa entre nosotros y provoque la discordia –añadió Aristandros con severidad.

Eli habría querido decirle lo egoísta e irrazonable que estaba siendo, pero no se atrevió. Aristandros Xenakis había pasado treinta y dos años en la tierra haciendo exactamente lo que le venía en gana. ¿Quién era ella para pensar que podía cambiarlo?

Se volvió para salir.

–¿Adónde vas?

–Necesito hacer el equipaje y decidir qué voy a ponerme esta tarde.

–No es necesario. Ya que aún no tienes un vestuario adecuado y completo, mi servicio doméstico se ocupará de tener preparada una selección de vestidos en mi casa de París para ti. Y tu doncella se ocupará de preparar el equipaje. Apenas tienes nada que hacer.

Eli se volvió hacia Aristandros como una exhalación.

–A veces me asustas... –dijo. Se arrepintió al instante de haberlo dicho, pero tan sólo era la verdad.

Aristandros se tensó visiblemente al escuchar aquello.

–No quiero asustarte.

–No puedo evitar lo que siento.

–Eres una de las mujeres más fuertes que conozco –replicó Aristandros.

Pero Eli sabía que la estaba convirtiendo en una cobarde porque, si decía lo que pensaba, se arriesgaba a perder demasiado. Aristandros la tomó de una mano y tiró de ella con suavidad.

—Si tanto te importa, me esforzaré más con Callie —dijo, y, asombrosamente, dudó un momento antes de añadir—: Pero lo cierto es que no sé muy bien cómo hacerlo. No tuve una infancia precisamente convencional.

Eli era consciente de que incluso aquella pequeña admisión de ignorancia era un gran paso para Ari, pero aún estaba demasiado tensa y no pudo evitar que su mano temblara.

—Lo sé —murmuró con sentimiento, pues la cruel infancia de Aristandros había sido aireada en toda la prensa debido a sus padres y estaba muy bien documentada.

—Mi primer recuerdo es el de mi padre gritando a mi madre cuando estuve a punto de ahogarme en una piscina. Estaban borrachos, o colocados... —Aristandros encogió un hombro a la vez que su expresión se endurecía—. Estaban tan ocupados peleando que me dejaron en la terraza y volvieron a olvidarse de mí. Sé lo que no hay que hacer si se tiene un hijo.

—Claro que lo sabes —asintió Eli—. Cuando eres pequeño te asusta mucho ver a dos adultos peleando sin control. La primera vez que vi a Theo golpear a mi madre pensé que el mundo iba a acabarse... —al darse cuenta de lo que acababa de decir, Eli permaneció en silencio.

—Repite eso —dijo Aristandros—. ¿La primera vez que viste a tu padrastro «pegar» a tu madre?

Eli estaba horrorizada por lo que acababa de revelar.

—No quiero hablar de ello. ¡En realidad no pretendía contártelo!

Aristandros apoyó una mano bajo su barbilla para que lo mirara.

—Pero ya me lo has contado, y ahora no puedes negarlo. ¿Theo Sardelos tiene la costumbre de pegar a tu madre?

Eli se sentía terriblemente avergonzada.

—No creo que ahora haya tanta violencia como solía... al menos, eso espero. Pero hace tanto tiempo que no tengo contacto con ellos que no sé como están las cosas.

—¿Te pegó alguna vez a ti?

—No, sólo a mi madre. La pegaba porque se enfrentaba a él cuando no volvía a casa por las noches. Siempre estaba con otras mujeres —explicó Eli a regañadientes—. Creo que tuvo aventuras con todas sus secretarias, y también con varias de las amigas de mi madre. Como tú, es muy atractivo para el sexo opuesto y un mujeriego incorregible.

La mirada de Aristandros reveló una fría hostilidad.

—Nunca he hecho daño a una mujer en mi vida, y nunca lo haré.

—No he insinuado lo contrario. No es por eso por lo que me asustas —dijo Eli—. Me asustas por tu frialdad, tu dureza y tu empeño en ganar siempre. Las cosas se hacen a tu modo o no se hacen, y tratar de no meter la pata supone un reto constante.

—No quiero que te sientas así, pero no puedo evitar ser quien soy —dijo Aristandros—. El hecho de que me hayas comparado con Theo Sardelos resulta revelador. Consideras que tenemos personalidades similares, comparación que rechazo por completo. Pero me ha conmocionado lo que acabas de contarme. No puedo creer que nunca me dijeras una palabra sobre lo que estaba pasando en tu casa hace siete años.

—Era un asunto personal. Crecí con una madre que nos hizo prometer a mis hermanos y a mí que guardaríamos silencio sobre lo que sucedía. Crecimos avergonzados por ello y lo mantuvimos en secreto. Jamás hablamos de lo que sucedía. Todo el mundo se comportaba como si no pasara nada.

—¿Incluso tus hermanos? —preguntó Aristandros, incrédulo—. Susie tampoco se lo mencionó nunca a Timon.

—Susie se limitaba a ignorarlo, y los gemelos aún eran muy jóvenes cuando me fui a la universidad. No sé cómo están las cosas ahora. Siempre he tenido la esperanza de que las cosas cambiaran, pero me temo que es una ilusión —Eli hizo una pausa y bajó la mirada—. ¿Te importaría que dejáramos el tema?

Ajeno a su ruego, Aristandros posó su intensa mirada en ella.

—Pensabas que yo iba a ser como tu padre, ¿verdad? Ése es uno de los motivos por los que no quisiste casarte conmigo.

—No quiero hablar más de esto —dijo Eli, que se dio la vuelta y salió del salón.

Temblaba como una hoja mientras maldecía su incauta lengua. No pensaba decirle la verdad a Aristandros. Por supuesto que había visto similitudes entre su padrastro y él. Pero no había sido la violencia lo que había temido de Aristandros, sino el dolor, el constante temor y la sospecha de estar viviendo con una pareja infiel. Lo había amado demasiado como para enfrentarse a aquella perspectiva.

Estaba repasando su equipaje con la doncella cuando

Aristandros entró en el camarote. Hizo salir a la doncella con un gesto de la mano a la vez que se aflojaba la corbata con la otra.

—Has tenido muchos secretos para mí, *moli mou* —dijo con aspereza—. Eso no me gusta. Tiene que cambiar.

Eli alzó una ceja con gesto irónico.

—¿Así como así?

—Así como así. No trates de mantenerme al margen.

—Las amenazas y las advertencias no contribuyen precisamente a crear el ambiente necesario para alentar la confianza —replicó Eli.

Aristandros se quitó la chaqueta.

—¿Exactamente cuándo planeabas decirme que llevabas años sin tener contacto con tu familia.

Eli se tensó.

—Ya te dije que nadie se puso en contacto conmigo para decirme que Susie y Timon habían muerto. Hubo una gran pelea la noche que dije que no iba a casarme contigo. No he visto a mi familia desde entonces.

Aristandros frunció el ceño.

—¿La pelea viene de entonces?

—Sí. Según la opinión de Theo, mi deber era casarme contigo por el bien de la familia. Estaba lívido. A mis hermanos también les parecía una locura que me negara a casarme contigo. Se pusieron de tu lado, no del mío, porque eres inmensamente rico y además tienes muchos contactos interesantes en el mundo de los negocios, algo de lo que yo carezco —dijo Eli con amargura—. ¡Si hubiera sucedido un siglo atrás, me habrían encerrado en un convento y me habrían dejado allí el resto de mi vida!

–No sabía que tu familia hubiera reaccionado así. Timon mencionó que ya no solías ir por casa, pero deduje que se debía a que estabas demasiado ocupada con tus estudios –admitió Aristandros–. Pero ahora que estás conmigo y con Callie no podrán seguir portándose como si no existieras.

–No me llevo bien con Theo. Nunca me llevé bien con él.

–No necesitas llevarte bien con él ni con nadie que te desagrade –dijo Aristandros–. Mi lista de invitados es extremadamente selecta.

Eli trató de no pensar en la rabia de su padrastro si llegara a encontrarse repentinamente excluido del círculo social de los Xenakis. Miró a Ari mientras se quitaba la camisa y dejaba expuesta la poderosa musculatura de su pecho y su plano y duro estómago. No había duda de que tenía un cuerpo maravilloso, reconoció, impotente. Notó cómo se excitaban sus pezones bajo el sujetador y una repentina y agradable tensión entre los muslos. Estaba recordando el calor de la piel de Aristandros contra la suya, el sensual roce de su cuerpo.

Aristandros la miró con divertida ironía.

–No, ahora no tenemos tiempo –murmuró–. Pero el placer es aún más dulce cuando se retrasa, *glikia mou*.

Cuando Eli comprendió que Aristandros se había dado cuenta de lo que estaba sintiendo, su cuerpo ardió de vergüenza y autodesprecio. ¿Tan irresistible lo encontraba? ¿Cómo podía traicionarle su cuerpo de aquel modo? ¿Estaba realmente tan necesitada de sexo que apenas podía esperar a que Aristandros volviera a tocarla? ¿Tanto podía haberle cambiado la experiencia del sexo? Reprimió un estremecimiento de desagrado ante aquella idea. ¿Qué le estaba pasando? De pronto se sintió como una adolescente con las hormonas desbocadas que sufriera un embarazoso y totalmente descontrolado enamoramiento.

Callie empezó a llorar en el aeropuerto. Cansada y desorientada, la pequeña no estaba de humor para encontrarse en lugares desconocidos, rodeada de rostros y voces extraños. Para cuando el jet privado de los Xenakis despegó, la niña estaba gritando a pleno pulmón. Sin una palabra, Eli fue a echar una mano a Kasma, que empezaba a desesperarse por la inutilidad de sus esfuerzos para calmar a Callie.

–Esto es una pesadilla. La niña está molestando al señor Xenakis, y eso no debería suceder nunca –dijo la joven niñera con expresión culpable.

Eli no tardó en descubrir que no había una solución mágica capaz de tranquilizar a un bebé agotado y muy enfadado que tan sólo estaba expresando su desasosiego ante la ruptura de su rutina. Aunque lograban distraerla durante unos minutos, enseguida volvía a dar guerra. Eli la llevó al compartimento en que estaba el dormitorio, se sentó y acunó a la niña a la vez que le cantaba. Milagrosamente, aquello pareció calmar a Callie, pero a partir de aquel momento se negó a que Eli la soltara durante el resto del vuelo.

–Devuélvesela a la niñera –ordenó Aristandros cuando estaban a punto de subir a una de las dos limusinas que los aguardaba en el aeropuerto de París.

Callie trató de aferrarse a Eli y hubo que separarla a la fuerza, lo que hizo que sus sollozos arreciaran. Eli tuvo que hacer verdaderos esfuerzos para separarse de ella.

–Parece que no va a haber problemas con tu vinculación afectiva con la niña –comentó Aristandros con una total falta de tacto y compasión–. Es evidente que se te da de maravilla interpretar el papel de madre. Sólo llevas un día con Callie y ya se te pega como una lapa.

–Está disgustada –dijo Eli, tensa.

–Una de las lecciones de la vida es que no puede tenerte siempre que quiera –replicó Aristandros–. Vas a estar muy ocupada durante el resto de la tarde.

De hecho, Eli apenas tuvo tiempo de tomar aliento en la magnífica casa de Aristandros en París antes de que llegara una deslumbrante colección de trajes de noche para que los examinara. A continuación llegó una falange de esteticistas para maquillarla para la fiesta. Le hicieron la manicura, la peinaron y maquillaron y una doncella la ayudó a ponerse el vestido azul que había elegido. Después se miró en el espejo. Su pelo rubio platino caía en una elegante cortina en torno a sus hombros y el vestido de diseño realzaba maravillosamente tu alta y esbelta figura. Pero reconocer que nunca había tenido mejor aspecto en su vida no bastó para aliviar la frustración que sentía ante la perspectiva de tener que pasar por aquella prolongada rutina cada vez que iba a ser vista en público.

Aristandros entró en la habitación.

–Quiero que te pongas esto.

Intensamente consciente de su mirada de aprecio, Eli tomó la caja que Aristandros había dejado sobre la cama. Al ver el collar y los pendientes de zafiros y diamantes que contenía, se quedó sin aliento.

–Cielo santo... ¡qué maravilla! –dijo, impresionada.

–Son un juego de joyas de la familia

Eli se tensó.

—En ese caso, no debería llevarlo.

—Llevan décadas en una caja fuerte. Merece la pena que alguien se las ponga —dijo Aristandros en un tono aburrido que acalló las protestas de Eli.

Sintiéndose más que nunca como una marioneta en manos de un titiritero, Eli se puso las joyas.

—Antes de salir quiero comprobar cómo está Callie —dijo, tras echar un rápido vistazo al espejo para comprobar cómo le quedaban las joyas.

—Tienes cinco minutos.

Eli se preocupó al comprobar que su sobrina seguía despierta y llorando intermitentemente. También había rechazado la comida que había tratado de darle Kasma. Tomó a la niña en brazos y la examinó. No tardó en comprobar que tenía fiebre y que las glándulas linfáticas de su cuello estaban inflamadas.

—¿Qué sucede? —preguntó unos minutos después Aristandros, impaciente.

—Creo que Callie tiene amigdalitis. Probablemente se trate de una infección viral, de manera que los antibióticos no le servirán de nada.

Aristandros se volvió hacia el secretario que lo acompañaba y le dijo que llamara al médico. Eli se mordió el labio inferior. Callie estaba mal y ella no quería dejarla. Aristandros la miró con expresión irónica y ella alzó la barbilla en un gesto retador. Escribió rápidamente su teléfono en un papel que entregó a Kasma y le dijo que la mantuviera al tanto de cómo estaba la niña. Luego abrazó a Callie y salió de la habitación con lágrimas de culpabilidad ardiéndole en los ojos.

—No está seriamente enferma, ¿no? —preguntó Aristandros.

—No, claro que no. Se pondrá bien.

—En ese caso, recuerda que eres doctora y deja de dramatizar. Vamos a una fiesta.

—Preferiría quedarme aquí –admitió Eli, que se preguntó cómo se las arreglaba Aristandros para, encima, hacerle sentirse culpable. Su deseo de consolar a Callie no tenía nada que ver con el hecho de que fuera médico.

—Otro médico se ocupará de ella. Está en buenas manos. Además, si surge cualquier novedad, nos avisarán de inmediato.

Eli respiró profundamente y asintió. Mientras bajaban las escaleras vio su imagen reflejada en un enorme espejo. Apenas se reconoció con aquel espectacular collar brillando en su garganta y el maravilloso vestido azul que había elegido.

Aristandros la tomó de la mano.

—Estás preciosa, *moli mou*.

Capítulo 6

LA FIESTA había sido organizada por Thierry Ferrand, un banquero internacional y uno de los amigos más cercanos de Aristandros. Thierry y su esposa, Gabrielle, vivían en la exclusiva avenida Montaigne, cerca de los Campos Elíseos, donde una nube de fotógrafos esperaba la llegada de los invitados. En aquella ocasión, Eli imitó a Aristandros; mantuvo la cabeza alta y se comportó como si los fotógrafos fueran invisibles.

Aristandros la presentó a sus anfitriones. A Eli le cayó bien de inmediato Gabrielle, una animada morena con una sonrisa contagiosa.

–Tengo entendido que eres médico, ¿no? –dijo Thierry Ferrand.

–Sí, pero ya no ejerzo –contestó Eli.

Gabrielle la miró sin ocultar su sorpresa.

–¿Por qué?

–Eli planea dedicarse a su sobrina y a mí –contestó Aristandros.

–No es fácil adaptarse a dejar de trabajar –comentó Gabrielle–. Yo soy abogado, Eli, y para cuando terminó mi permiso de maternidad ya estaba deseando volver al trabajo.

–¿Tenéis un hijo?

Gabrielle no necesitó más para subir con Eli a la

planta de arriba para enseñarle su adorable hijita de diez años, que dormía profundamente en su cuna. Charlaron un rato.

–Eres tan normal y natural... La verdad es que no pareces la típica acompañante de Ari –dijo Gabrielle sin ocultar su curiosidad–. Esta noche hay aquí varias de sus ex, y la cuadrilla habitual de solteros hambrientos. No debería haberte apartado de él. No puedes permitirte dejar solo a Ari ni un momento. Las mujeres se vuelven locas por él.

Eli se encogió de hombros, aún furiosa con Aristandros por la falta de sensibilidad que había mostrado ante la enfermedad de Callie y su empeño en que ella asistiera de todos modos a la fiesta. En aquellos momentos le daba igual que se acercara a él una legión de mujeres.

–Ari es muy capaz de cuidar de sí mismo –dijo en tono ligero.

Su móvil sonó antes de volver a reunirse con Aristandros y salió un rato al vestíbulo para hablar con Kasma. Callie aún estaba mal; tenía sed pero no quería beber debido al dolor de garganta. Además, seguía teniendo fiebre. Cuando colgó notó que Aristandros la estaba observando. Le hizo un imperioso gesto para que se acercara. Eli apretó los labios; se sentía como un perro desobediente al que acabaran de tirar de la cadena.

Ajeno a su malhumor, Aristandros apoyó una mano bajo su barbilla.

–Esta noche pareces una reina.

–¿Tu inversión ha merecido la pena? –preguntó Eli con ironía.

–Sólo el tiempo lo dirá. Pero no hay duda de que eres un auténtico trofeo. Todos los hombres que han venido a la fiesta se han fijado en ti.

–Estoy encantada –dijo Eli en tono aburrido.

Una sensual sonrisa curvó la expresiva boca de Aristandros.

–Ahora no, pero lo estarás más tarde. Pretendo aprovechar al máximo el hecho de que eres mía y luego te voy a llevar a casa, *khriso mou*.

Con su equipo de seguridad actuando como filtro, un constante fluido de personas trataba de acercarse a Aristandros. Algunos eran amigos, la mayoría interesados en hablar de negocios, pero también había oportunistas dispuestos a aprovechar la oportunidad para conocer a uno de los hombres más ricos del mundo. Eli, que se estaba dedicando a observar cómo reaccionaban las otras mujeres con Ari, no dejaba de asombrarse por el descaro con que coqueteaban con él, incluso estando ella a su lado.

–Bailemos –dijo Aristandros, que, aburrido de tanta charla social, tomó a Eli de la mano y la condujo hacia la pista de baile.

Era la primera vez en más de una hora que reconocía su existencia. Apenas acababan de llegar a la pista cuando el móvil de Eli sonó de nuevo. A pesar de la mirada de exasperación que le dedicó Aristandros, salió al pasillo para hablar con Kasma.

El doctor había visto a Callie y había confirmado que tenía amigdalitis. La medicación empezaba a hacer efecto y la fiebre había bajado. Más animada, Eli fue en busca de Aristandros, preguntándose si merecía escuchar la buena noticia.

Gabrielle la interceptó un momento en el camino para charlar. Cuando Eli se alejaba, su móvil volvió a sonar. Se quedó asombrada al escuchar una voz que había temido no volver a escuchar nunca más.

–Eli... ¿eres tú? –preguntó Jane Sardelos–. Tu amiga Lily me ha dado tu teléfono.
–¿Mamá? –dijo Eli, conmocionada.
–¿Dónde estás?
–En París.
–¿Con él? Tengo entendido que ha aparecido una foto tuya en la prensa británica con Aristandros Xenakis. No he creído que eras tú hasta que me lo han confirmado. ¿Qué haces con él?
–Vivo con él y me ocupo de Callie –admitió Eli, reacia.
–¿Te has vuelto loca? ¿No quisiste casarte con él y siete años después decides convertirte en su fulana?
Aquella horrible palabra fue como una bofetada para Eli.
–No es así, mamá...
–Claro que lo es. No podría ser de otro modo con un Xenakis en el papel principal. Estamos todos avergonzados y asqueados por tu comportamiento. ¿Qué crees que va a suponer esto para nuestra reputación? ¿Cómo puedes haber sido tan egoísta?
–Las cosas han cambiado para las mujeres desde la Edad Media, mamá –protestó Eli–. Que tenga una relación con Aristandros no significa que me haya convertido en una fulana.
–Tu padrastro dice que por tu culpa ya no vamos a poder visitar a Callie –protestó Jane Sardelos con un sollozo–. Dice que, si lo hiciéramos, sería como aprobar la situación.
–Eso es falso y nada razonable –dijo Eli, pálida–. Eres la abuela de Callie y tu derecho a verla no tendría que verse influido por mi relación con Ari.
–El mes pasado Ari Xenakis estaba con otra mujer,

una entre una larga lista de otras mujeres. Ahora, de pronto, vistes trajes de diseño y llevas unos diamantes que jamás habrías podido permitirte por tu cuenta. ¡Tú me dirás si eso no te convierte en una fulana! –espetó Jane, y a continuación colgó, negando a Eli la oportunidad de defenderse.

Aturdida, dolida, y con las acusaciones de su madre aún resonándole en los oídos, Eli guardó el teléfono en su bolso. Una fulana. Aquélla era una palabra que jamás había oído en labios de su madre. Pero ya sabía quién había pronunciado aquella palabra en primer lugar: su padrastro. Theo habría gritado hasta disgustar a su esposa lo suficiente como para hacerle llamar a su hija para trasladarle la opinión oficial de la familia sobre el asunto. No sería la primera vez que Theo utilizaba a su madre como portavoz.

Gabrielle Ferrand se acercó a Eli con una tensa expresión en su encantador rostro.

–Creo que será mejor que vayas a rescatar a Ari antes de que se produzca una pelea de gatas por su causa.

Distraída tras la inquietante conversación con su madre, Eli siguió a la morena y vio a Aristandros sentado en actitud indolente en un sofá. Tres preciosas mujeres lo tenían literalmente rodeado. No paraban de reír, de parlotear, de tocarlo, de dar indicios de descaradas invitaciones sexuales. Eli sintió náuseas sólo de contemplar la escena, y esperó a que Aristandros reaccionara. Si había algún hombre capaz de cuidar de sí mismo sin ayuda de nadie, ése era él. Pero no hizo nada por liberarse de sus admiradoras, y cuando una de ellas se puso en pie, la acompañó a la pista de baile.

–Lleva solo casi toda la tarde –murmuró Gabrielle, frenética–. No está acostumbrado a ser desatendido.

—¿Estás diciendo que lo he desatendido? —preguntó Eli mientras observaba a Aristandros y a la sensual pelirroja con la que estaba bailando salsa. Verle sonreír y permitir que su cuerpo entrara en contacto íntimo con otra mujer le dolió como una puñalada.

—No pretendía criticarte —replicó Gabrielle, incómoda.

—No te preocupes por eso. Ari tiene mucho carisma y las mujeres siempre lo excusan cuando se porta mal —dijo Eli, que había sido testigo de aquella reacción femenina hacia Aristandros en muchas ocasiones siete años atrás—. Pero me temo que yo no.

Desafortunadamente, Aristandros sólo estaba siendo él mismo, un mujeriego incorregible dispuesto a divertirse. Pero Eli no estaba dispuesta a soportar aquello, especialmente después de la conversación que acababa de tener con su madre.

—No puedo quedarme, Gabrielle. ¿Te importa decirle a Ari que me he ido? Pero no te precipites en hacerlo —añadió antes de girar sobre sí misma, dispuesta a encaminarse hacia la salida.

—No te vayas, Eli. Me caes muy bien, y sé que Ari se pondrá furioso si te vas —protestó la otra mujer—. Estoy segura de que tienes razón, pero Ari sólo esta flirteando... eso no significa nada para él. Las mujeres de esa clase lo abordan a diario. Pero tú eres diferente; no sólo porque lleves el collar de zafiros de los Xenakis, sino porque también pareces tener cerebro.

Eli volvió la mirada hacia Aristandros y la pelirroja. Se sentía enferma de rabia y dolor, y la intensidad de su reacción la asustó.

Una vez fuera, el portero de la casa pidió un taxi para ella. Los flashes de las cámaras destellaron mientras se marchaba sola, consciente de que huía tanto de sus propios sentimientos como de la humillante escena pública a la que acababa de asistir. Pero estaba horrorizada por su exceso de sensibilidad y por las emociones que la estaban devorando. ¿Por qué le importaba tanto lo que hiciera Aristandros? ¿Acaso era incapaz de desconectar sus respuestas emocionales hacia él? Le daba igual el acuerdo que hubiera firmado. Se negaba a comportarse como una prostituta dispuesta a seguir la corriente a Aristandros al margen del comportamiento de éste.

De regreso en casa, fue directamente al cuarto de la niña. Callie dormía profundamente mientras Kasma hacía lo mismo en la habitación contigua, con la puerta entreabierta. Eli miró a la niña con una mezcla de alivio, amor y dolor. Se recordó que Callie se las había arreglado bien antes de que ella apareciera, que apenas la echaría de menos y que mientras ella siguiera allí su madre se negaría a visitar a su nieta. ¿Cómo podía permitir que sucediera algo así?

La doncella le ayudó a quitarse el vestido y el collar y le llevó una maleta cuando se la pidió. Eli se puso unos vaqueros y una camiseta y guardó en la maleta los pocos objetos personales que había llevado de Londres. Cuando escuchó un portazo procedente del vestíbulo de entrada, se quedó paralizada.

—¡Eli!

Eli tragó con esfuerzo al escuchar la voz de Aristandros.

—Estoy aquí arriba...

Aristandros apareció en el umbral de la puerta.

—¿A qué diablos crees que estás jugando? —preguntó con expresión tensa y retadora.

Eli alzó la barbilla.

—¿Y a qué estabas jugando tú? ¡Si crees que voy a quedarme cruzada de brazos mientras te dedicas a ligar con otras mujeres delante de mí, estás muy equivocado!

—¡No se te ocurra volver a dejarme plantado en público! —espetó Aristandros.

—Puedes romper nuestro acuerdo en pedazos. Te dejo.

—Ya eres mayorcita —dijo él en tono despectivo—. No puedes huir así como así cuando las cosas se ponen mal.

—¡Jamás he huido de nada en mi vida!

—Huyes de cualquier cosa que te disgusta.

—¡No estoy disgustada!

—No pareces la calmada y razonable Eli que conozco.

—¡Tú no me conoces!

Aristandros la miró burlonamente.

—Debo reconocer que no esperaba una reacción tan histérica por tu parte.

Eli permaneció un momento en silencio.

—¿Por qué has utilizado la palabra «esperaba»? ¿Acaso te has dedicado a flirtear con esas mujeres para obtener una reacción por mi parte?

Aristandros contempló su encantador y ruborizado rostro y extendió las manos en un gesto que no negaba ni confirmaba nada.

—¿Me crees capaz de hacer algo tan calculador?

—¡Sí! Serías capaz de hacerlo si te divirtiera, porque eres el hombre más retorcido y manipulador que he conocido nunca.

—Yo también habría podido decirte que te estabas

comportando mal. Es de mala educación atender las llamadas de teléfono cuando estás acompañada.

Eli miró a Aristandros con una mezcla de furia e incredulidad.

–¿Cómo te atreves a decir que he sido yo la que se ha comportado mal?

–Es la verdad. Tu comportamiento ha dejado mucho que desear. Has acudido a la fiesta enfurruñada y has seguido enfurruñada todo el rato.

–¡Eso es una estupidez!

–¿Lo es? No querías dejar a Callie.

–Soy humana y me preocupo por ella, algo más de lo que puede decirse de tu actitud. ¡Te ha dado igual que estuviera enferma! ¡Había que acudir a la fiesta a toda costa!

–¿Y entonces por qué he hablado con el médico que la ha atendido? ¿Y por qué he llamado luego a Kasma para comprobar cómo estaba la niña?

–No sabía que habías hablado con el médico... no lo has mencionado.

–Puede que no me ponga tan emocional y dramático como tú, pero eso no significa que no estuviera preocupado por Callie.

Eli apretó los dientes.

–Te pido disculpas si me he equivocado en eso.

–Te has equivocado –replicó Ari, implacable.

–¡Pero no estaba enfurruñada!

–Puede que prefieras otro adjetivo, pero no parecías precisamente de buen humor.

–Estaba enfadada contigo –dijo Eli a regañadientes.

–Ya lo había notado, pero te has dedicado a hacer gala de tu mal humor en público como una adolescente. Soy un hombre que valora mucho su privacidad y la discreción, pero esta noche has hecho una escena perfecta para las revistas de cotilleo. Hazlo una vez más y te mando de vuelta a Londres.

—No necesitas enviarme a ningún sitio —dijo Eli en tono despectivo—. Me voy. Pero reconozco que se te da muy bien dar la vuelta a las situaciones. No has dicho una palabra de tu inadecuado comportamiento, excepto para implicar que estabas ligando con otras mujeres sólo para irritarme.

Aristandros echó la cabeza atrás y rió abiertamente, lo que alivió el tenso ambiente reinante.

—No lo he hecho para irritarte.

—Me da igual lo que hagas —siseó Eli a la vez que cerraba la maleta con más fuerza de la necesaria.

—Mentirosa. Estabas roja de celos.

Eli tuvo que contenerse para no arrojarle algo a la cabeza. ¿Cómo se atrevía a acusarla de estar celosa? ¿Cómo se atrevía a tener el poder de adivinar sentimientos que ni siquiera ella había admitido ante sí misma?

Tomó la maleta y se encaminó hacia la puerta, pero Aristandros se interpuso en su camino y le quitó la maleta de la mano.

—¿Qué haces?

—Evitar que hagas una tontería, *moli mou* —dijo Aristandros mientras dejaba la maleta en el vestidor.

—¡No soy una fulana dispuesta a aceptar cualquier cosa que se te ocurra! —la adrenalina que estaba corriendo por las venas de Eli hizo que le resultara imposible pensar con calma—. No estoy interesada en tu dinero ni en lo que puedas comprarme. ¡No me impresionas! ¡Nada de lo que pudieras darme me persuadiría para tolerar la forma en que me has tratado esta noche!

—¿Ni siquiera si admito que la única mujer que deseo eres tú? –dijo Aristandros mientras se apoyaba de espaldas contra la puerta de la habitación para cerrarla–. Reconozco que esta noche he hecho un experimento. Quería obtener una reacción.

—¿Un experimento? –repitió Eli, incrédula.

—Un experimento inofensivo. Sólo una mujer muy posesiva se habría alterado tanto al verme bailando con otra mujer.

Eli apretó los puños. Se sentía furiosa y a la vez terriblemente vulnerable.

—Pero eso es todo lo que he hecho –añadió Aristandros–. Nada más.

La dura verdad de aquella afirmación cayó sobre Eli como una avalancha. Aristandros había bailado con otra mujer, se había reído con ella... ¿Y qué? Aquel tipo de cosas eran totalmente habituales en una fiesta. ¿Por qué había reaccionado con tal intensidad? Aristandros había buscado una reacción y la había obtenido. Por mucho que quisiera negarlo, su reacción había sido increíblemente posesiva, con una mezcla de sentimientos y reacciones nacidas de años de ver fotos de Ari con otras mujeres y de leer sobre sus aventuras en las revistas de cotilleo. Su amiga Lily había sugerido que no era saludable que leyera aquellas revistas, y estaba en lo cierto, porque hacerlo había despertado en ella una faceta celosa de su personalidad que ni siquiera había reconocido por lo que era.

—Puede que me excediera en mi reacción –Eli pronunció aquellas palabras como si hubiera hablado en una lengua extranjera que le costara pronunciar. Fue un reconocimiento que costó caro a su orgullo. Por un momento sintió que estaba fuera de sí misma, preguntándose horrorizada por los absurdos celos que se habían apoderado de ella y habían estado a punto de hacerle quemar todos sus barcos. ¿De verdad había estado dispuesta a sacrificar a Callie por aquello?

Un tenso silencio se prolongó entre ellos.

Eli miró el perfil clásico de Ari. Había preparado una escena para comprobar cómo reaccionaba a sus flirteos, pero tendría que torturarla para obtener una disculpa por su parte. Lo odiaba, no sólo por lo que le había hecho, sino también por su capacidad para adivinar lo que le había hecho sentir.

De pronto no quiso seguir pensando en el motivo de la locura que le había hecho perder por un rato su sentido común.

–Estos últimos días... todos los cambios que se han producido en mi vida... han supuesto una tensión increíble –murmuró con la cabeza gacha, pues su orgullo se estaba encogiendo ante la excusa que estaba utilizando.

–Por supuesto –asintió Aristandros con una inmediatez que sorprendió a Eli–. A veces te presiono demasiado –añadió en tono inexpresivo–. Pero no vuelvas a dejarme plantado.

Eli asintió. Aristandros la había presionado tanto que casi la había roto. Temió romper a llorar mientras las emociones que estaba experimentando giraban en su interior como un remolino. Debía hacer un esfuerzo por recuperar el control. Pero Aristandros pasó un brazo tras su cintura antes de que pudiera sellar las peligrosas grietas de su armadura mental. La intoxicante sensualidad de su boca se fundió con la de ella en un apasionado beso.

Eli se sumergió en aquel beso como un buceador en busca del aire. El deseo estalló en su cuerpo como una reacción en cadena. Sumergió los dedos en el pelo de Ari. Podía sentir cómo se acumulaba la pasión en su poderoso cuerpo, y la ropa que los separaba no bastó para impedir que sintiera la tensa protuberancia de su erección. La conciencia de su deseo le hizo imposible resistirse. Su sabor y su aroma se le subieron a la cabeza, dejándola aturdida y sin aliento.

Aristandros la tomó por las caderas y le hizo sentarse en el borde de la cama, donde procedió a quitarle los vaqueros.

—Yo no puedo bailar salsa como esa pelirroja —se oyó decir Eli de pronto.

—Ya me ocuparé de eso —murmuró Aristandros, que alzó la camiseta de Eli y enterró el rostro entre sus altos pechos a la vez que le quitaba las braguitas que aún lo separaban de sus tentadoras curvas.

Con la respiración agitada, Eli era intensamente consciente de cada uno de sus movimientos. El roce de su semibarba contra la delicada piel de sus pechos le produjo un cálido estremecimiento.

—Te deseo... —admitió con voz ronca.

Aristandros alzó el rostro para mirarla. Sus ojos parecieron destellar.

—He muerto y he ido al cielo. Pensé que jamás iba a escuchar esas palabras de tus labios.

—Sólo llevamos juntos dos días.

—¿Desde cuándo he sido un hombre paciente? —murmuró Aristandros a la vez que deslizaba una experta mano entre los muslos de Eli y comenzaba a acariciarla.

Eli echó atrás la cabeza y curvó la espalda. Una deliciosa y pesada lasitud se fue apoderando de sus miembros, seguida de una energética sensación erótica. Un delicado gemido escapó de entre sus labios cuando Aristandros utilizó la lengua para acariciar las cimas de sus excitados pechos. Instintivamente, comenzó a mover las caderas rítmicamente contra la sábana. Deseaba locamente a Ari, lo necesitaba. Él le hizo volverse sobre su estómago y luego la alzó hasta dejarla de rodillas, de espaldas a él.

Por un instante, Eli no supo qué pretendía, pero, un segundo después Ari sumergió su erecta y palpitante hombría en ella. Una mezcla de conmoción e intensa excitación se adueñaron de ella. Cada empujón de Aristandros provocó una ardiente descarga en su cuerpo. El erótico placer de su dominio masculino le hizo perder el control, y gimió de placer, alentándolo con el sensual movimiento de sus caderas. La tensión y las emociones que había ido acumulando a lo largo del día estallaron en un increíble orgasmo que colmó su cuerpo de placer y la dejó vacía de energía.

–¿Mejor? –murmuró Aristandros unos momentos después con ella entre sus brazos, mientras Eli sentía que no iba a poder moverse nunca más.

–Aún estoy flotando –susurró antes de pensárselo dos veces.

Aristandros se apoyó sobre un codo para mirarla.

–Entonces, ¿por qué sigues luchando contra mí? Tienes que dejar de hacerlo, *hara mou*. Enfadarme es mala idea.

Eli deslizó un dedo por el contorno de la preciosa boca de Aristandros.

–Cuando te enfadas pareces más humano y, por mucho que me esforzara, jamás lograría ser una mujer constantemente halagadora y sumisa.

–Tampoco es eso lo que quiero. Sé natural, sé tú misma... como solías serlo sin ni siquiera intentarlo.

Eli se puso pálida y apartó el rostro, consciente de que no podía volver a ser la joven que Ari estaba recordando. ¿Era eso lo que quería de ella? ¿Lo imposible? ¿Volver atrás en el tiempo? ¿Cómo podía volver a tener veintiún años y a sentirse enamorada por primera vez en su vida? El mero hecho de pensar en la posibilidad de volver a ser tan vulnerable le hizo sentir miedo. Volver a amar a Ari sería como comprar un billete directo al infierno.

–Si dejas de buscar problemas, pronto descubrirás que puedes disfrutar de lo que tenemos –dijo Aristandros con convicción–. Mañana volvemos navegando a Grecia.

Pero Eli ya estaba recordando las locas semanas que pasó enamorada de él cuando tenía veintiún años. Todo el mundo se había pasado aquellas semanas advirtiéndole que Ari Xenakis perdería rápidamente su interés por ella. Su apetito por las mujeres bellas le había creado una intimidante reputación de rompecorazones. Sin embargo, Eli recordaba haberse sentido ridículamente feliz durante aquel periodo. No se había dedicado a repasar meticulosamente sus citas en busca de indicios de que Ari se estuviera planteando un futuro con ella, porque aquella posibilidad ni siquiera se le había ocurrido. Simplemente había adorado estar con él y se había dedicado a disfrutar del momento.

Ari la llevó a navegar muchas veces, y también a comer, y de picnic, casi siempre solos. No fueron a muchas fiestas ni clubes, y cuando lo hicieron no se quedaron mucho rato. Hablaban constantemente y Eli había sido siempre ella misma, pues en aquella época no sabía ser otra cosa. Por difícil que resultara creerlo ahora, había creído encontrar en Ari su alma gemela. La segunda vez que ella lo interrumpió cuando estaba empezando a hacerle el amor, se limitó a reír y no insistió para llevársela a la cama. Cuando la invitó al setenta y cinco cumpleaños de su abuelo se sintió muy halagada, pues sabía lo cercana que era la relación de Drakon con su nieto.

Revisó en su mente aquella dolorosa y última tarde.

–Te quiero –le dijo Aristandros, y ella respondió con las mismas palabras.

Luego él la acusó de insinceridad, pero Eli fue totalmente sincera al pronunciarlas.

–Quiero que estemos siempre juntos. ¿Querrás casarte conmigo? –preguntó.

El corazón de Eli latió emocionado, pues no se le ocurrió pensar entonces que la oferta de Aristandros llevara implícitos ciertos sacrificios, como una especie de pregunta trampa que acabaría rompiéndole el corazón. Eli asumió que se comprometería y que Ari iría a visitarla a menudo a Londres mientras ella acababa sus estudios. Cuando Ari se levantó para decir unas palabras en honor a su abuelo, anunció su compromiso... junto con la noticia de que Eli iba a renunciar a sus estudios de medicina.

La realidad hizo estallar la burbuja de felicidad en que estaba inmersa Eli. Tras una feroz discusión, Aristandros la dejó y minutos después retiró el anuncio de boda que había hecho.

Los padres de Eli se la llevaron de la fiesta muy enfadados, incapaces de creer que se hubiera negado a casarse con un Xenakis.

Aristandros le hizo volver al presente cuando la estrechó contra su musculoso cuerpo. Mientras contemplaba sus intensos ojos azules, Eli tuvo que reconocer que aquel hombre ya tenía el poder de hacerle sentirse amargamente celosa y de hacerle comportarse de un modo irracional. Y aquélla era una amenaza muy peligrosa para su paz mental.

–Con una vez no basta –murmuró Ari sensualmente–. Aún te deseo, *moli mou*.

Eli experimentó un instintivo regocijo ante su poder sexual sobre él. En aquel instante, con el corazón desbocado, se convirtió en una esclava de la promesa del placer que Ari iba a darle, y no tuvo tiempo para preocuparse por la etiqueta con que otras personas pudieran calificar la posición que ocupaba en su vida.

Capítulo 7

DIEZ días después, el *Hellenic Lady* llegó a Atenas.

Eli aún estaba en la cama, devorando los periódicos británicos, varios de los cuales contenían artículos sobre ella. Era una experiencia extraordinaria verse por primera vez retratada en la prensa como una celebridad. Sin embargo, en su caso la fama le había llegado debido a su asociación con Aristandros. La describían como «la nueva compañía del griego millonario», la «tía sexy de Calliope» y «la oveja negra de la familia». Su fascinación sólo se desvaneció cuando leyó un inquietante párrafo que sugería que su familia le había dado la espalda por su comportamiento promiscuo.

Aristandros entró en el camarote vestido con un traje oscuro que le sentaba como un guante. Se decía que tenía la capacidad de electrizar una habitación cuando entraba en ella, y Eli no era precisamente inmune a aquel efecto.

—Llevo cuatro horas trabajando, pero me basta mirarte una vez para desear volver de cabeza a la cama —dijo Aristandros con voz ronca mientras se acercaba a ella.

Eli sintió un cosquilleo de anticipación por todo el cuerpo. Pero sólo se trataba de sexo, se recordó por enésima vez.

Con un murmullo de impaciencia, Aristandros tomó los periódicos de la cama.

–¿Aún no has aprendido? Nunca se leen las noticias que aparecen sobre uno mismo. Pago a mis abogados para que la lean por mí –arrojó los periódicos al suelo–. No me ha gustado nada lo de tu comportamiento «promiscuo». Algún periodista debe haberte confundido con tu hermana Susie, y la próxima semana aparecerá publicada una disculpa oficial.

Eli se quedó boquiabierta.

–¿Estás diciendo que has presentado una queja?

Aristandros se encogió de hombros y se quitó la chaqueta. Luego se sentó en el borde de la cama, se quitó los zapatos y se volvió a mirar a Eli con una expresión ligeramente burlona.

–Sigo convencido de que esa faceta tuya sólo la conozco yo.

–Pues te equivocas –protestó Eli.

–Hablas mucho –dijo Aristandros sin dejar de mirarla–. ¡Pero en la cama no sabes hacer nada hasta que yo no lo hago primero!

Colorada como un tomate, Eli le dedicó una mirada furiosa.

–Supongo que pensarás que esa clase de comentarios me hacen gracia, ¿no?

–No, pero es muy entretenido comprobar que, mientras otras mujeres se esfuerzan por minimizar el número de amantes que han tenido en el pasado, tú te empeñas en engordar la cifra...

–¿Por qué te estás desvistiendo? –preguntó Eli de repente al hacerse consciente de que Aristandros seguía quitándose la ropa.

–Veo que, a pesar de tu promiscuo pasado, tu mente

sigue tan virgen como la nieve. ¿Acaso no he conseguido corromperte en ningún aspecto? –dijo Aristandros burlonamente a la vez que se quitaba los calzoncillos en una maniobra que dejó rápidamente en evidencia porque se había desnudado.

–Oh... –Eli sintió de inmediato un revelador y cálido cosquilleo entre las piernas.

–Oh... –repitió Aristandros a la vez que se tumbaba junto a ella y la atraía hacia sí.

Cuando los esbeltos dedos de Eli encontraron y rodearon su poderosa virilidad, dejó escapar un ronco gemido de aprecio.

–Oh, sí. Sin duda superas al descanso para el café, *khriso mou*.

Aquel comentario hizo dudar un instante a Eli, pero lo cierto era que encontraba irresistible la espontaneidad y la potencia sexual de Aristandros. Su sensual boca sobre la de ella era como una marca que ardía para crear una llama que nunca llegaba a apagarse del todo. Por mucho que la besara nunca tenía bastante.

Cuando Aristandros deslizó la lengua entre sus labios, una ardiente respuesta recorrió de inmediato su enfebrecido cuerpo. Luego le quitó el camisón y tomó en su boca uno de sus excitados pezones.

Una sensación dulce como la miel se adueñó de Eli, que expresó su placer con un delicado y sensual gemido. Aristandros introdujo un dedo entre sus muslos para acariciarla un momento y comprobar que estaba dispuesta para recibirlo. Luego se situó sobre ella con una urgencia que alentó aún más el deseo de Eli.

La penetró rápida y profundamente, y el anhelante cuerpo de Eli se irguió para recibirlo. Estaba tan excitada que temió sufrir una combustión espontánea.

Aristandros le dio placer con poderosos y profundos empujones a la vez que le hacía echar atrás las rodillas para penetrarla más y más profundamente. Eli se sintió como si estuviera cabalgando hacia las estrellas mientras era devorada por el placer. Cuando alcanzó la cima del éxtasis, dejó escapar un prolongado grito de liberación.

Aristandros la penetró una vez más con un desinhibido grito de satisfacción.

Eli permaneció debajo de él, disfrutando de su peso, de los intensos latidos de su corazón, de la caricia de su agitado aliento. En aquellos momentos se sentía abrumada por el nivel de placer que le hacía experimentar. Pero no tanto como para no disfrutar del beso que le dio en la frente, ni de la fuerza con que la estrechó entre sus brazos, en un gesto parecido a un abrazo. Aristandros no era aficionado a los abrazos, pero ella vivía siempre esperanzada. Le encantaba lo que le hacía en la cama, pero le gustaba aún más la cercanía que mostraba después, y jamás movía un músculo para romper el contacto antes de que él lo hiciera.

Pero en aquella ocasión supuso una auténtica conmoción que Aristandros se pusiera repentinamente tenso y mascullara una violenta maldición en griego a la vez que se apartaba de ella.

Eli lo miró, desconcertada, y dio un bote en la cama cuando Aristandros golpeó violentamente la cabecera de la cama con un puño.

–¿Qué sucede? –preguntó, asustada.

–¡He olvidado utilizar preservativo! –espetó él.

–Oh... –Eli fue incapaz de añadir nada más en aquel momento de una tensión insoportable. Aún no había llegado la fecha en que iba a empezar a tomar la píldora, y ya había advertido a Aristandros que habría que tomar otras precauciones durante las dos primeras semanas. Hasta aquella ocasión él había seguido las reglas escrupulosamente, sin dejar el más mínimo margen de error.

Aristandros se puso en pie y la miró sin ocultar su irritación.

—¿Eso es todo lo que tienes que decir? —preguntó en tono gélido—. No quiero un hijo.

Eli sintió un escalofrío y se preguntó por qué le había sentado aquella afirmación como una bofetada. A fin fe cuentas, ella estaba tan interesada como él en evitar el trauma de un embarazo no planeado. Trató de dar un rápido repaso a las últimas fechas en su mente, lo que resultó complicado, ya que los recientes cambios de su rutina diaria parecían haber alterado su ciclo menstrual, que solía ser muy regular.

—Me temo que no ha sido el mejor momento para pasar por alto las precauciones —admitió—. Podrías estar en el momento más fértil del mes.

—¡No puedo creer que lo haya olivado! —masculló Aristandros—. Nunca soy tan descuidado.

—Alguno de los dos podría ser estéril —comentó Eli—. Te sorprendería lo habitual que es.

Aristandros la miró como si la mera sugerencia de que pudiera ser estéril supusiera un terrible insulto para su masculinidad.

Eli permaneció donde estaba hasta que él se duchó y salió del camarote. Estaba conmocionada, pero también sentía que acababa de recibir un zarandeo muy necesario.

Durante los pasados diez días había estado con Aristandros prácticamente día y noche. Él se levantaba a las seis cada mañana para trabajar con su equipo personal. A las ocho se reunía con Callie y con ella para desayunar. Aunque aún no había llegado al punto de sentirse totalmente relajado con la niña como para jugar con ella, al menos había perdido parte de su rigidez en su forma de tratarla, y empezaba a ser capaz de hablar con ella.

La vida en aquel yate de lujo era demasiado cómoda y fácil. La tripulación atendía todas sus necesidades, a veces incluso antes de que Eli se diera cuenta de que necesitaba algo. En lo único que tenía que pensar era en su próxima visita al bien equipado salón de belleza del yate. Era un estilo de vida que no resultaba nada natural para ella, pero al menos le daba mucho rato para estar con Callie, lo que permitía que sus lazos afectivos fueran creciendo y reafirmándose.

El viaje a Grecia en barco había resultado ser más un crucero de placer que otra cosa. Habían hecho paradas en diversas islas griegas y Aristandros la había llevado a bucear en Creta, y a cenar en Corfú. Después habían paseado por las estrechas calles de la ciudad tomados de la mano. ¿Y quién había tomado la iniciativa de darse la mano? Eli sintió que se le acaloraba el rostro. ¿Ir de la mano con Aristandros? ¿Cómo podía haber sido tan estúpida como para dar pie a aquel absurdo gesto? El romance no tenía nada que ver con su relación.

Ella era su querida, la mujer que le servía para saciar su exigente apetito sexual, no su novia, ni su prometida, ni su esposa. Y, como él quería, ella siempre estaba disponible... ¡y no porque tuviera miedo de saltarse las cláusulas del contrato que había firmado! Desde luego que no; el punzante deseo que la atormentaba no tenía nada que ver con el contrato. Lo cierto era que no era capaz de mantener las manos alejadas de Aristandros, ni en la cama, ni fuera de ella. La necesidad de tocarlo, de conectar con él, era como una fiebre, una terrible tentación contra la que luchaba día y noche. Estaba consternada por el apego que estaba desarrollando.

Sin embargo, nada podría haber evidenciado con más claridad el abismo que había entre ellos que la reacción de Aristandros a la posibilidad de que la hubiera dejado embarazada. Le había hecho sentirse como una aventura de una noche, como una extraña a la que apenas conociera, como un cuerpo femenino por el que no sentía ningún interés tras saciar sus apetitos sexuales. Aristandros vería como un desastre que se quedara embarazada, de manera que lo único que podía hacer era rogar para que la situación no llegara a darse.

Acababa de salir del baño tras tomar una ducha cuando Aristandros entró en el camarote.

—¿Te he dicho que he organizado una reunión social para esta tarde en mi casa de Atenas? ¿No? —añadió con indiferencia al ver la expresión consternada de Eli—. Tengo unos negocios que cerrar con algunos inversores y tendrás que actuar de anfitriona.

—¡Gracias por avisarme con tanto tiempo de antelación! —protestó Eli.

—Al menos no tendrás que preocuparte de reservar hora en el salón de belleza —replicó Aristandros.

Volaron directamente del yate a la propiedad. La villa de Aristandros en Grecia estaba situada en pleno campo. Rodeada de olivos y viñedos, el lugar disfrutaba de unas fabulosas vistas de las montañas. Eli se sorprendió, pues Aristandros y su abuelo siempre habían preferido utilizar la gran mansión que tenían en Atenas.

–Drakon sigue prefiriendo la ciudad, pero a mí me gusta escapar de los rascacielos y el tráfico al finalizar el día, y aquí estoy a menos de media hora del aeropuerto –explicó Aristandros.

–Es un lugar precioso –dijo Eli mientras se preguntaba cuántas propiedades tendría Aristandros por el mundo, y si él mismo lo sabría sin tener que ponerse a pensar en ello.

–Las perlas te sientan muy bien.

Como reacción a aquel comentario, Eli se llevó instintivamente la mano al magnífico collar que llevaba puesto. También llevaba unos pendientes a juego que debían de haber costado una fortuna. Un reloj de diamantes rodeaba su muñeca. No sabía a cuánto ascendería el valor de su creciente colección de joyas, ya que nunca se hacía algo tan vulgar como mencionar el precio cuando Aristandros insistía en hacerle un regalo. Pero ya había decidido que, cuando Aristandros y ella se separaran, dejaría atrás todos aquellos regalos.

Probablemente, Aristandros estaba acostumbrado a recompensar a las mujeres que se llevaba a la cama con regalos extraordinariamente generosos. Pero aquellas joyas hacían que Eli se sintiera como un trofeo, y merecedora del ofensivo calificativo que había utilizado su madre con ella. ¿Era así como la veían los demás? ¿Como una parásita que estaba obteniendo una sustanciosa recompensa por dar placer a su amante empresario en la cama? Su corazón se encogió ante la posibilidad de haber caído tan bajo. Irónicamente, nunca había sentido menos estima por sí misma que estando vestida de arriba abajo con ropas de diseño y adornada con aquellas fabulosas joyas.

Una empresa de *catering* se había ocupado de todo lo necesario para la celebración de la recepción. La casa, de un diseño muy contemporáneo, estaba impecable y era perfecta para aquel tipo de reuniones a gran escala. Ataviada con un elegante vestido color ciruela y tacones altos, Eli se reunió con Aristandros en la terraza exterior cuando empezaron a llegar los invitados. No tardó en sentir que sus mejillas se teñían de rubor. A pesar de que todo el mundo se mostraba escrupulosamente educado, era brutalmente obvio que ella era el centro de atención. Agobiada, no dejaba de preguntarse qué historias sobre ella habrían aparecido en la prensa local. Irónicamente, fue la llegada del abuelo de Aristandros la que le produjo mayor bochorno.

–Eli –murmuró el elegante anciano cuando la besó en ambas mejillas–. Resulta duro reconocer que, a pesar de que estoy encantado de volver a verte, lamento que sea en estas circunstancias.

–Es duro e innecesario, Drakon –replicó Aristandros por ella, tenso–. ¿A qué circunstancias te refieres?

El viejo empresario griego mantuvo con firmeza la retadora mirada de su nieto.

–No te hagas el obtuso, Ari –aconsejó secamente.

Terriblemente avergonzada, y deseando escapar de una posible discusión, Eli se agachó para recibir a Callie, que corría hacia ella por el salón para saludarla. Sonriente, tomó en brazos a la niña. Callie, adorable con su vestidito azul, se mostraba ya mucho más comunicativa y confiada con ella que los primeros días. Al cabo de un rato, la niña pidió el conejito de juguete que llevaba consigo a casi todas partes y Eli había ido con ella en busca de Kasma para averiguar dónde estaba cuando oyó unas voces procedentes de una habitación que daba al recibidor.

Comportándose como si no estuviera sucediendo nada indecoroso, la niñera tomó a Callie en brazos y subió a buscar el conejito.

—Si, como dices, Callie es hija de Eli —estaba bramando Drakon en griego—, ¡dásela y deja que ambas se vayan!

—No estoy dispuesto a permitir que se vayan —dijo Aristandros en un tono tan bajo que parecía que estuvieran en la iglesia. Su calma contrastó intensamente con el enfado de su abuelo—. Hice redactar una acuerdo que a Eli a mí nos va muy bien...

—¿Un acuerdo legal? ¿Para eso es para lo que te crié y eduqué? ¿Para corromper a una joven que sólo quiere tener acceso a su hija? ¿Es eso lo que hace falta ahora para saciar tus hastiados apetitos, Ari? ¡Si te quedara un mínimo de decencia, te casarías con ella, porque has destruido su reputación!

—Hace tiempo que han pasado los días en que las mujeres necesitaban ser más puras que la nieve, Drakon. Afortunadamente, vivo en un mundo con muchas oportunidades sexuales —replicó Aristandros con crudeza—. Lo creas o no, Eli es feliz conmigo...

—Merece más que cualquiera de las cazafortunas en que estás especializado, ¡y la estás tratando peor que a cualquiera de ellas! Lo único que veo en ti es un afán de venganza... algo indigno de ti.

Con la sangre helada en las venas, Eli se retiró de la puerta entreabierta antes de que alguien la atrapara espiando. Las palabras de Drakon la habían dejado terriblemente conmocionada, porque conocía bien a Ari; de hecho, mucho mejor que ella. Al parecer había descartado con demasiada rapidez la posibilidad de que Aristandros estuviera actuando así por un afán de venganza. Había preferido creer que el secreto de su atracción residía en ser una *femme fatal* a la que Ari no había logrado olvidar, pero mucho se temía que el abuelo de éste estuviera en lo cierto. Lo más probable era que se estuviera vengando por el hecho de que lo hubiera rechazado unos años atrás. Le había hecho abandonar su profesión, su casa... e incluso sus principios. Le había hecho disfrutar de su cautividad en la jaula dorada de su vida. Aunque en realidad no la había obligado a hacer nada, reconoció, tratando de ser sincera consigo misma; ella había tomado las decisiones que había tenido que tomar para estar con Callie, la hija de su corazón, y lo cierto era que Aristandros había cumplido sus promesas.

A pesar de todo, la explicación más lógica del comportamiento de Ari era el afán de venganza. ¿Por qué si no, pudiendo tener a las mujeres más experimentadas del mundo, se conformaba con una doctora sin experiencia que se sentía incómoda con su sofisticado estilo de vida? Aristandros nunca habría sacrificado sus propios deseos y preferencias en beneficio de Callie. De hecho, lo más probable era que hubiese utilizado a la niña como arma para presionarla. Al quedarse con la custodia de Callie también había adquirido un medio perfecto para hacerle bailar a ella a su son, y eso era exactamente lo que estaba haciendo.

El estado en que se encontraba no era precisamente el ideal para ver a su familia por primera vez en siete años. Su padrastro, un hombre fuerte y enorme de pelo gris, se hallaba de pie en la terraza con una bebida en la mano. Su madre, una mujer menuda y rubia vestida de rosa, estaba a su lado. Tras ellos se hallaban sus hermanastros, que durante aquellos años se habían convertido en hombres. Eli se puso pálida cuando Theo Sardelos miró directamente a través de ella. Con gesto de dolorosa turbación, su madre apartó la mirada para evitar ver a la única hija que le quedaba. Pero sus hermanos no disimularon y la miraron en actitud beligerante.

A Eli le irritó que Aristandros hubiera incluido a su familia en la lista de invitados sin decírselo. Consciente de que no era la única persona presente capaz de notar que su familia le estaba dando la espalda, se obligó a dirigirse a su padrastro con un superficial saludo antes de volverse hacia su madre para decir:

—¿Te gustaría venir a ver a Callie?

—No, no le gustaría —Theo Sardelos dedicó una mirada de profundo desagrado a Eli a la vez que contestaba por su esposa, una costumbre que Eli recordaba con auténtica repulsión—. Tu presencia aquí hace que eso resulte imposible.

Eli no respondió. Conocía lo suficientemente bien a su padrastro como para saber que aprovecharía cualquier oportunidad de avergonzarla en público. Aunque necesitó hacer acopio de casi todo su coraje, siguió sonriendo e hizo un gesto a un camarero para que se asegurara de atender a unos recién llegados. Kasma bajó a Callie y la niña, con su conejito firmemente sujeto bajo el brazo, corrió junto a Eli y aferró posesivamente su falda.

Eli tuvo que hacer verdaderos esfuerzos para seguir haciendo de anfitriona y charlar y sonreír como si nada hubiese pasado. De vez en cuando se agachaba para acariciar la cabecita de Callie y recordar lo que había ganado y por qué había aceptado pasar por lo que estaba pasando.

Lo cierto era que Aristandros sólo le había dicho la verdad a su abuelo: ella era feliz con él. ¿Significaba eso que tenía corazón de fulana? Compartir la cama de Ari y estar con él era más un placer que un castigo. Le conmocionó reconocer aquello. Aristandros prácticamente la había chantajeado utilizando a una criatura inocente y sin embargo ella estaba a su disposición cuando le apetecía. ¿Qué revelaba aquello de ella? La vergüenza y la confusión que sentía le produjeron un intenso remordimiento. Ari había utilizado a Callie para forzarla a acudir a su lado, y ella la había utilizado como excusa para ceder.

Cuando Aristandros la tocaba, se incendiaba. Lo que había comenzado como un sacrificio se había convertido en un placer. Si ella era la víctima de una venganza, era una víctima complaciente, y aquella realidad empezaba a pesar terriblemente en su conciencia.

Eli vio que Aristandros se encaminaba hacia ella con su elegancia y atractivo habituales. Nada en su expresión revelaba ningún indicio de enfado debido a su reciente discusión con su abuelo. Cuando estuvo a su lado y apoyó una mano en la parte baja de su espalda, sintió que su corazón latía más rápido y que se le secaba la boca.

–¿Por qué no estás con tu familia?

Capítulo 8

ELI lo miró con gesto incrédulo.
—¿Por qué has invitado a mi familia si sabes que estamos peleados? —espetó, furiosa por el hecho de que hubiera alentado aquella confrontación a pesar de que le había dicho que hacía años que su familia no quería saber nada de ella.

—Pensé que la invitación ayudaría a suavizar las cosas... ¡incluso pensé que te agradaría verlos! —respondió Aristandros, tenso.

—Ha sido un grave error. No deberías haberte entrometido. Mi familia no quiere verme cuando estoy contigo —reveló Eli con amargura—. De hecho, Theo ha dicho que no pueden tener nada que ver con Callie mientras yo esté aquí.

Aristandros masculló una maldición.

—Eso es indignante, *khriso mou*. No puede insultarte de ese modo bajo mi techo. Cualquiera que lo haga no es bienvenido en mi casa.

—Apenas puedes hacer nada al respecto. Theo es un hombre muy testarudo. Limítate a ignorarlo, como hago yo, y esperemos que con el tiempo supere su resentimiento. No deberías haberlos invitado a venir.

Eli se mordió el labio al ver la tormentosa mirada que iluminó los ojos de Aristandros. Decir que no debería hacer algo a alguien acostumbrado a hacer lo que le daba la gana había sido un claro error.

Callie dejó escapar un sollozo y tiró del vestido de Eli a la vez que se apoyaba contra sus piernas, evidentemente cansada.

–Sardelos te ha disgustado –murmuró Aristandros–. No pienso tolerarlo.

–Mantente al margen de esto. No es asunto tuyo –siseó Eli mientras se inclinaba para tomar a Callie en brazos y consolarla–. Entrometiéndote sólo causarás más problemas y resentimiento. Voy a llevar a Callie a su cuarto para que eche la siesta. Prométeme que te ocuparás de tus propios asuntos.

Aristandros la miró con un irónico gesto de incredulidad.

–Tú eres mi asunto. Si te insultan a ti, me insultan a mí, pues estás aquí porque yo lo deseo, y no pienso tolerar ninguna muestra de falta de respeto.

Mientras sujetaba a Callie con un brazo, Eli apoyó la otra mano sobre el pecho de Aristandros en un gesto que esperaba resultara apaciguador.

–Nadie ha sido irrespetuoso contigo –dijo, en un esfuerzo por calmar las aguas–. No te impliques, por favor. No juegues con fuego.

Tras aquel ruego final, se alejó con la niña en brazos. Kasma se ofreció a ocuparse de ella, pero Eli le dijo que no se molestara; dado el estado de ánimo en que se encontraba, la sensación de tener a Callie entre sus brazos resultaba reconfortante. Lo último que necesitaba era que Aristandros se entrometiera en una situación ya de por sí delicada. Sabía por experiencia que su madre sufría invariablemente cuando Theo se enfadaba.

Cuando se volvió a mirar desde el rellano de las escaleras vio que los hombres se estaban reuniendo en el vestíbulo para luego trasladarse al despacho de Ari y mantener la reunión de negocios que éste había mencionado. Aquello le produjo cierto alivio. Si Aristandros estaba ocupado con sus negocios, no estaría en condiciones de utilizar su energía para pensar en otras cosas.

–*Sapatos* –dijo Callie en tono de importancia mientras Eli le quitaba las sandalias–. *Zalquetines*.

–¡Muy bien! –aplaudió Eli antes de tomar la carita de Callie entre sus manos para besarla.

–Cielo santo... ¡ya habla!

Eli dio un respingo y volvió la cabeza para mirar a la mujer que se hallaba en el umbral de la puerta.

–¿Mamá?

–Theo ha ido a la reunión y he pedido a una doncella que me trajera hasta aquí –explicó Jane Sardelos en tono atribulado–. Se pondría furioso si supiera que estoy aquí contigo.

–Se pone furioso con demasiada facilidad. ¿Por qué no lo dejas de una vez? –preguntó Eli en un dolido tono que traicionó su incomprensión.

–Es mi marido y me quiere. Ha sido un buen padre y el sostén de la familia. Tú no lo comprendes –Jane no había parado de decir aquello a su hija durante su adolescencia–. Deja que vea a mi nieta... No hay duda de que es tu viva imagen, Eli.

Eli notó que la niña no dio muestras de reconocer a su abuela.

–No la has visto a menudo, ¿no?

–Susie se puso muy difícil tras dar a luz –murmuró su madre con tristeza mientras miraba a la adormecida niña y se sentaba junto a la cuna–. No quiso escuchar mis consejos, ni los de nadie, y era evidente que su matrimonio se estaba desmoronando y que le daba igual. Vi a Calliope algunas veces cuando era muy pequeña, pero era evidente que Susie no quería que la molestaran con visitas, y en varias ocasiones tuvo un comportamiento muy desagradable.

–Lo más probable es que sufriera una depresión posparto –dijo Eli con delicadeza.

–Pero no quería ir al médico –Jane Sardelos movió la cabeza con pesar–. Hice lo que pude, pero tu hermana era muy terca y me temo que pagó un alto precio por ello. Pero no quiero que tú también tengas que hacerlo.

–No hablemos de mí –dijo Eli precipitadamente.

–La mitad del mundo habla de ti desde que te trasladaste a vivir con Aristandros Xenakis. Puede que te quiera hoy a su lado, Eli, pero no hay garantías para mañana, ni para pasado mañana. No debí llamarte lo que te llamé por teléfono, pero me disgusté mucho cuando me enteré que estabas viviendo con él.

–No puedo discutir sobre Aristandros contigo. Soy una mujer adulta y he tomado una decisión. No espero que estés de acuerdo con ella, pero no tiene sentido discutir sobre ello, porque hacerlo no cambiará nada. Hace siete años que ni siquiera te veo, mamá –recordó Eli a su madre dolorosamente–. No malgastemos este momento.

–Un momento es todo lo que tenemos –reconoció Jane, a la vez que se acercaba para abrazar a su hija–. Te he echado tanto de menos... especialmente después de la muerte de Susie. Pero Theo está indignado con esta situación. Dice que está perdiendo prestigio debido a tu aventura con Aristandros.

Eli devolvió afectuosamente el abrazo a su madre.

—Siempre le ha gustado exagerar... pero sólo es mi padrastro.

—Has avergonzado a toda la familia —dijo otra voz en tono condenatorio desde el umbral de la puerta.

Cuando su madre se apartó, Eli vio que quien había hablado era su hermano Dmitri.

—Deja de excusar a tu padre —dijo—. Siempre ha criticado lo que he hecho porque me enfrenté a él. No le gusto y nunca le gustaré.

—Mamá... papá no va a tardar en ponerse a buscarte. Tienes que bajar cuanto antes —tras decir aquello, Dmitri dio la espalda a Eli, a la que había irritado con su presuntuoso comportamiento.

—¿Aún vives en casa? —preguntó a su hermano.

Ver cómo había palidecido su madre ante el riesgo de que su marido descubriera que había desafiado sus dictados hizo regresar a Eli a una épocas que no quería recordar. Años teñidos por los repentinos ataques de violencia de su padrastro y por los crecientes y patéticos intentos de su madre de hacer que su familia pareciera normal.

—Hace años que Stavros y yo tenemos un apartamento.

—En ese caso no puedo pedirte que cuides a tu madre esta noche, ¿no? —dijo Eli con dureza.

Dmitri se ruborizó de inmediato al captar el sentido de las palabras de Eli. Sin decir nada, tomó a su madre del brazo para salir de la habitación. Estaba tan desesperado por evitar un conflicto con su padre como en otra época lo estuvo Eli.

Aunque los problemas empezaron debido a las infidelidades de su padrastro, éste encontró rápidamente otros asuntos en los que volcar su violento genio.

–Trataré de llamarte –dijo Jane por encima del hombro.
–Cuando quieras y para lo que quieras. Siempre podrás contar conmigo, mamá –aseguró Eli, que no pudo evitar que le temblara la voz.

Hasta que no había vuelto a ver a su madre no se había permitido reconocer cuánto la había echado de menos.

Tras comprobar que Callie se había dormido, bajó a la terraza, donde se hallaban la mayoría de las mujeres. Evitando diplomáticamente las preguntas más indiscretas, fue saludando de un grupo a otro para cumplir con su papel de anfitriona.

Los hombres fueron regresando poco a poco después de su reunión y los invitados comenzaron a marcharse. Drakon Xenakis no quiso dejar de saludar a Eli antes de volver a su casa, un gesto que ésta agradeció. Pero se quedó consternada cuando vio que su padrastro se detenía en el umbral de la puerta y hacía un seco gesto con la cabeza en dirección a su esposa para indicarle que quería irse. Incluso desde allí se notaba que el anciano estaba furioso, con los labios comprimidos en un agresivo gesto. Mientras seguía observando, su madre, su padrastro y sus hermanos se fueron sin saludar a nadie.

Eli fue rápidamente al despacho de Aristandros.

–¿Qué le has dicho a mi padrastro? –preguntó secamente.

Los secretarios de Aristandros se quedaron paralizados a causa de la incredulidad y Eli se arrepintió de inmediato de no haber esperado a estar a solas con él para hablar.

Aristandros se apoyó contra el borde del escritorio y la miró con dureza.

–No te dirijas a mí en ese tono –advirtió a la vez que hacía un autoritativo gesto para que sus ayudantes salieran.

–Lo siento –murmuró Eli–. Debería haber esperado un momento.

–Lo único que pido es que recuerdes tus modales.

–Estaba preocupada... He visto que Theo se iba totalmente indignado. ¿Qué ha pasado? –preguntó Eli, ansiosa.

–He informado a Sardelos y sus hijos de que no son bienvenidos en esta casa si no son capaces de tratarte con respeto.

Eli no ocultó su consternación.

–¡No necesito que luches mis batallas por mí!

–Yo los he invitado y ésta es mi casa. Su comportamiento ha sido inaceptable. Aquí se hace lo que yo digo –dijo Aristandros sin dudarlo un segundo.

–¡Nunca había visto a mi padrastro tan enfadado, y no es de extrañar! Lo has humillado ante sus hijos, ¡y también me culpará a mí de eso! –espetó Eli–. Podría matarte por entrometerte en algo que no es asunto tuyo.

–¿He hecho algo malo al defenderte? –preguntó Aristandros, incrédulo–. Has permitido que tu padrastro bravuconeara contigo tanto tiempo que no eres capaz de distinguir los árboles del bosque. Theo Sardelos necesita que le marque los límites alguien a quien no pueda controlar.

Eli estaba terriblemente preocupada por las consecuencias que pudiera tener lo sucedido. Su padrastro valoraba mucho su asociación con la familia Xenakis; la repentina perdida de esa favorable posición social no sólo supondría una humillación para él, sino que afectaría negativamente a sus negocios. Quería gritar a

Aristandros por lo que había hecho, pero sabía que no era consciente de que la que acabaría pagando por los pecados de Theo Sardelos sería su madre.

–Te has entrometido al invitarlos aun sabiendo que había un problema serio entre nosotros –lo acusó, tensa–. ¡Mi madre me llamó a París para decirme que toda la familia pensaba que me estaba portando como una fulana contigo!

Aristandros se quedó momentáneamente paralizado.

–¿Una «fulana»? –repitió.

–¡Nadie se hace la ilusión de que soy yo la que paga los vestidos de diseño y las joyas! –dijo Eli con amargura–. ¿Qué esperas que opine de mí la gente?

Aristandros permaneció un momento en silencio. Eli vio cómo tensaba su mandíbula.

–Lo cierto es que eso es algo en lo que no me había detenido a pensar...

Eli alzó una ceja con expresión irónica.

–¿No? Pues por lo visto sí pensaste en todo lo demás relacionado con la imagen. De lo contrario, ¿por qué te has dedicado a hacer que me vista como una muñeca emperifollada?

Pero Aristandros no la estaba escuchando.

–De manera que por eso me dejaste plantado en París...

Eli apartó un mechón de pelo de su frente con gesto impaciente.

–Puede que la llamada de teléfono de mi madre hiciera que reaccionara con más susceptibilidad de la debida.

–Lo que me hace constatar una vez más que apenas escuchas lo que te digo, *khriso mou*.

Consciente del creciente enfado de Aristandros, pero sin comprender su causa, Eli parpadeó, desconcertada.

–Creo que no entiendo a qué te refieres.

–Deberías haberme mencionado esa llamada –dijo Aristandros, impaciente–. Y no te atrevas a decirme que no era asunto mío, porque el comportamiento que tuviste aquella noche resultó muy revelador. No me gusta que tengas secretos para mí. Es deshonesto.

Eli se quedó sin aliento. No podía creer lo que estaba escuchando.

–¡Hay que tener valor para decirme eso! También hay muchas cosas que no me gustan de ti. Has sido capaz de utilizar a tus abogados para hacerme aceptar un trato que te permite hacer lo que te da la gana conmigo. ¿A eso le llamas tener una relación? ¡No me extraña que el resto de tus relaciones duren poco más de cinco minutos! ¿Cómo puedes esperar contar con mi confianza?

–Más vale que dejes ese tema antes de que se te vaya de las manos –advirtió Aristandros con aspereza.

Pero Eli estaba temblando de emoción y le habría sido más fácil contener un tornado que lo que estaba sintiendo en aquellos momentos.

–¿De verdad crees que podría confiar en un hombre que una vez me dijo que me amaba y quería casarse conmigo, pero que me dejó plantada menos de una hora después? Por lo visto no encajaba con tu imagen de la esposa perfecta porque tuve la audacia de querer centrarme en algo más que en el amor y en tu dinero. ¿Habrías renunciado tú por mí a tus negocios y a tu habilidad para hacer dinero?

A pesar de su tez morena, Aristandros se puso lívido.

—No quiero seguir con esta conversación.

—No te estoy pidiendo permiso para hacerlo. Y, por si no lo has notado, ¡te estoy gritando! —espetó Eli a pleno pulmón.

—Ya basta —replicó Aristandros en un tono engañosamente gélido.

—¡Te odio! Incluso tu abuelo piensa que me estás tratando mal... Sí. Además de mis malísimos modales, ¡resulta que también me paro a escuchar detrás de las puertas! —Eli dijo aquello con lágrimas en los ojos y una sensación de rabia que amenazaba con dejarla sin respiración—. No soy la mujer perfecta que te crees con derecho a tener, ¡y más vale que vayas rezando para que no sea fértil!

A continuación, giró sobre sus talones, salió del despacho y pasó junto a los empleados de Aristandros, que evitaron mirarla y se comportaron como si todo fuera completamente normal. Subió las escaleras de dos en dos y entró a toda prisa en el dormitorio principal.

Eli casi nunca lloraba. Una película o un libro triste podía hacer que se le humedecieran los ojos, aunque hacía falta algo más intenso para que rompiera a llorar. Pero en aquella ocasión se arrojó sobre la cama y rompió a sollozar casi con desesperación. Le preocupaba terriblemente que su madre hubiera tenido que regresar sola a casa con un hombre enfadado y violento al que le gustaba utilizarla como chivo expiatorio. Pero lo que más le había afectado había sido la pelea que acababa de tener con Aristandros. Había empezado como una pequeña discusión pero había ido creciendo hasta romper la frágil tregua que habían establecido y destrozar los lazos que estaban empezando a construir.

Pero ya no había forma de ocultarse de las feas y reveladoras verdades en que se hallaban inmersos, como el temor de Aristandros a que pudiera concebir un hijo que no deseaba.

¿Por qué le disgustaba tanto estar enfrentada con él? Al menos le había dicho lo que pensaba respecto al tema de la confianza. Siete años atrás confió en él y acabó plantada, con el corazón roto y rechazada por su familia. Sin embargo, Aristandros se había recuperado al estilo Xenakis haciendo un crucero por el Mediterráneo y deteniéndose en diversos puertos para dedicarse a las juergas nocturnas y a divertirse con todas las mujeres posibles. Eli golpeó la almohada con el puño cerrado. Seguía tan enfadada que quería gritar. Odiaba a Aristandros. ¡Lo odiaba con toda su alma!

Pero ya había llegado la hora de dar de cenar a Callie, y a Eli le encantaba ocuparse de aquella rutina con la niña. Se levantó de la cama y gimió al mirarse en el espejo y comprobar que tenía los ojos hinchados.

Tras hacer lo posible para retocar su maquillaje, fue a por la niña. Fue un consuelo poder ocuparse de ella aquella tarde. Jugó con ella en el baño y, tras secarla y ponerle el pijama, la sentó en su regazo para leerle un cuento.

Callie estaba imitando el sonido de un pato cuando Aristandros apareció en el umbral de la puerta.

–Me apetece cenar fuera esta noche –dijo.

–Me da igual si no vuelvo a comer nunca –mintió Eli, porque lo cierto era que tenía hambre. Pero no estaba dispuesta a permitir que Aristandros se comportara como si no hubiera pasado nada... aunque sospechaba que habría sido una actitud más sabia que correr el riesgo de reavivar los rescoldos de la pelea.

Callie bajó de su regazo y se acercó a Aristandros con los brazos abiertos para que la tomara en brazos. Posiblemente aliviado al ver que alguien parecía apreciar su presencia, Aristandros se agachó y tomó a la niña en brazos como si llevara años haciéndolo. Pero en realidad no lo había hecho nunca, y Eli lo observó con disimulo mientras Callie exploraba su pelo, lo besaba en la mejilla y tiraba de su corbata antes de concentrarse en uno de los gemelos de oro de su camisa.

–*Cuac* –dijo Callie en tono de importancia y a continuación estiró una pierna y señaló su pie–. Calcetines –añadió.

–No llevas ninguno –dijo Aristandros.

Callie hizo un mohín.

–Zapato.

–Tampoco llevas zapatos.

–No quiere mantener una conversación –explicó Eli–. Sólo trata de impresionarte con su nuevo vocabulario.

–Es más interesante que mantener una conversación –dijo Aristandros a la vez que apartaba la mirada de Callie para detenerla en la gélida expresión de Eli–: Veo que sigues enfurruñada.

–No estoy enfurruñada –murmuró Eli–. Simplemente no se me ocurre qué decirte.

–¿Hay alguna diferencia? –Aristandros se acercó a ella para volver a dejar a la niña en su regazo.

Cuando sus miradas se encontraron, Eli sintió que se le secaba la boca al hacerse inevitablemente consciente de su intensa masculinidad.

–Voy a salir –dijo él en tono desenfadado.

Eli estuvo a punto de decir que ella también. Verle irse solo no le hacía precisamente gracia. Ninguna mujer en su sano juicio alentaría a Aristandros a salir solo... pero ninguna mujer con un poco de orgullo lo acompañaría después del día que acababa de pasar y las palabras que habían intercambiado.

Cuando Callie se quedó dormida, Eli bajó y tomó una cena ligera sin apenas apetito mientras miraba el reloj y se preguntaba cuánto tiempo estaría fuera Aristandros... y con quién. Atenas era una ciudad cosmopolita con muchos clubes nocturnos y lugares para divertirse.

Decidió acostarse pronto y, tras tomar un baño, llamó a su amiga Lily y por fin le contó todo lo que hasta entonces le había ocultado.

–¡Ese tipo es un completo miserable! –siseó Lily, asqueada.

Sorprendentemente, Eli sintió que, a pesar de todo, la opinión de su amiga no era de su agrado.

–A veces supone un auténtico reto relacionarse con él...

–No puedo creer lo que estoy escuchando. ¿Estás excusándolo?

–Eso no era una excusa –protestó Eli, incómoda.

–A lo largo del tiempo que ha durado nuestra amistad nunca había comprendido tu aparente indiferencia hacia los hombres, pero acabo de entender lo que pasaba. ¡Estás perdida y enfermizamente enamorada de Aristandros Xenakis!

–¡No estoy enamorada de él! –protestó Eli–. No tenemos nada en común. Es un hombre frío, egoísta y arrogante, y nunca podría enamorarme de alguien así.

–Por otro lado –dijo Aristandros, que entró en aquel momento en el dormitorio sin previa advertencia–, soy muy rico, muy listo y muy bueno en la cama... una mezcla de rasgos que parece mantenerte muy bien entretenida, *khriso mou*.

Eli se quedó momentáneamente paralizada con el teléfono en la mano.

–He escuchado lo que te ha dicho –dijo Lily–. Creo que acabas de encontrar la horma de tu zapato, Eli. Llámame cuando puedas.

Eli colgó el teléfono y miró a Aristandros. Sus pezones presionaron contra la vaporosa tela del camisón que vestía, volviéndose incómodamente sensibles. Sintió que sus mejillas se acaloraban bajo el escrutinio de Aristandros. El ambiente pareció crepitar entre ellos. Cerró los ojos con fuerza y se acurrucó bajo la sábana cuando él se tumbó en la cama.

–*Se thelo*... te deseo –murmuró Aristandros con voz ronca mientras la tomaba entre sus brazos.

–Suponía que volverías más tarde –replicó Eli con toda la frialdad que pudo.

–No contigo en mi cama esperándome, *moli mou*.

–¡No te estaba esperando! –protestó Eli.

Aristandros le apartó el pelo a un lado para besar la esbelta columna de su cuello, y Eli no pudo evitar estremecerse bajo la erótica caricia de sus labios.

–Claro que me estabas esperando. ¿Crees que no sé cuándo me desea una mujer?

–*Cuac* –replicó Eli.

Aristandros dejó escapar una ronca risa.

–¿Qué quiere decir eso?

–Que es inútil tratar de mantener una conversación normal con un tipo tan arrogante y creído como tú –contestó Eli.

Aristandros le quitó el camisón en un santiamén, sin aparentar necesitar en lo más mínimo su ayuda.

Demostró que era más que capaz de asimilar sin problemas las críticas negativas de su carácter. Mordisqueó seductoramente el lóbulo de la oreja de Eli mientras le acariciaba el cuerpo con mano experta hasta detenerse en la reveladora y cálida humedad que rezumaba entre sus muslos. Eli apretó los dientes para tratar de resistir al tentación, pero cuando Aristandros encontró el femenino centro de su deseo, todas sus barreras se desmoronaron.

Unos momentos después, sin saber bien cómo había sucedido, se encontró a horcajadas sobre él, con su poderoso y palpitante miembro profundamente enterrado en ella.

—Mientras no olvides que aún te odio... —logró murmurar con voz temblorosa antes de dejarse llevar por las sensaciones de placer que había desatado Aristandros en ella.

—Me encanta tu forma de odiarme —dijo él mientras la tomaba por las caderas para controlar el ritmo de sus movimientos.

Unos segundos después Eli dejaba escapar un gutural gemido de placer a la vez que echaba la cabeza atrás mientras las poderosas convulsiones del éxtasis se adueñaban de ella. Aristandros la siguió un instante después.

Jadeantes, permanecieron abrazados sobre la cama.

—Mañana estaremos en Lykos —murmuró él al cabo de unos segundos—, y creo que no voy a dejarte salir de la cama en una semana. Me vuelves insaciable, *khriso mou*.

Cuando el cerebro de Eli volvió a entrar en funcionamiento sintió un profundo desprecio por sí misma por haberse rendido tan completamente a la pasión.

—Mantengo todo lo que te he dicho —dijo en tono obstinado.

—Menudo genio tienes —murmuró Aristandros en tono totalmente despreocupado.

Eli se apartó de él para retirarse al rincón más alejado de la cama.

—No —dijo Aristandros sucintamente, y la atrajo de nuevo sin miramientos contra su poderoso cuerpo—. Hay que cosechar lo que se siembra, y aún no he terminado.

—¡Pero yo sí! —replicó Eli, que un instante después se sobresaltaba al escuchar el sonido de su móvil.

—Ignóralo —dijo Aristandros—. Es más de medianoche.

Debido a su trabajo, Eli estaba acostumbrada a reaccionar con urgencia a las llamadas que recibía durante la noche, y se apartó de él sin miramientos para responder a la llamada. Un instante después se levantó y encendió la lámpara de la mesilla de noche. Aunque no lograba entender lo que le estaba diciendo su madre, comprendió que estaba llorando y que algo iba mal.

—Cálmate, mamá. No puedo entender lo que dices. ¿Qué ha pasado? ¿Te ha pegado? —preguntó, y sintió que Aristandros se erguía de inmediato en la cama a sus espaldas—. ¿Sigues en la casa? ¿Dónde está Theo? Pase lo que pase, no vuelvas ahí —advirtió a su llorosa madre—. Quédate donde estás y enseguida paso a recogerte. No, claro que no es ningún problema. No seas tonta, mamá. Te quiero y me preocupo por ti.

En cuanto colgó se volvió hacia Aristandros.

—Necesito un coche.

Aristandros ya estaba hablando por el teléfono fijo

de la casa a la vez que salía de la cama. Se interrumpió para preguntar:

–¿Sardelos ha agredido a tu madre? ¿Qué ha pasado?

–Lo que pasa siempre –respondió Eli con hastío–. Después de beber más de la cuenta le culpa de todo lo malo que le ha sucedido en la vida y la golpea. Él está en la cama y ella en el parque que hay al otro lado de la casa. ¿Por qué te estás vistiendo?

–Voy contigo.

Eli ya se estaba poniendo un par de pantalones.

–No creo que sea buena idea.

–No pienso dejar que te enfrentes sola a esta situación. Tu padrastro se ha ido hecho una furia de mi casa esta tarde y yo soy el responsable de ello.

–Tú no eres responsable de nada. Aquí el único malo es Theo. Te advierto que mamá no querrá saber nada de denunciar su agresión a la policía. He tratado de persuadirla muchas veces para que lo haga, pero siempre se niega. Es como una adicta –murmuró Eli–. No quiere renunciar a él.

–¿Piensas llamar a tus hermanos?

–Haré lo que mamá quiera que haga.

Veinte minutos después Eli se encaminaba hacia el banco en el que se hallaba acurrucada su madre como una vieja alfombra descartada, con los hombros hundidos y la cabeza gacha.

Cuando Eli pudo ver su rostro tuvo que reprimir una exclamación. Con el rostro hinchado y un ojo casi cerrado, Jane Sardelos estaba prácticamente irreconocible. Tenía un labio partido y sostenía con evidente dolor uno de sus brazos.

–¿Qué te sucede en el brazo? –preguntó Eli.

–Vamos a llevarla antes al coche –dijo Aristandros.
–¿Has venido con él? –preguntó Jane, horrorizada.
–No he podido evitarlo –Eli ayudó a su madre a levantarse y la condujo hacia la limusina. Una vez en el interior se inclinó para ver el brazo de su madre y dedujo rápidamente que tenía la muñeca rota–. Tenemos que ir al hospital.
–Al hospital no. Prefiero ir a un hotel, o a algún...
–No tienes elección –dijo Eli–. Van a tener que operarte la muñeca, y cuanto antes mejor. ¿Quieres que llame a los chicos?
Jane negó con la cabeza.
–No tiene sentido disgustarlos también a ellos.
Aristandros alzó una ceja pero no hizo ningún comentario. Durante el trayecto al hospital, y tras su llegada, Eli no pudo evitar sorprenderse ante lo atento que se mostró con su madre, que nunca había sido precisamente una de sus mayores admiradoras.
Fue una larga noche. Tras hacerle unas cuantas placas de rayos X, Jane fue detenidamente examinada por el médico. Eli se quedó consternada al ver los moretones que había en el delgado cuerpo de su madre. Evidentemente, las agresiones de su padrastro se habían vuelto más y más violentas a lo largo de los años. Los preparativos para operar la muñeca se pusieron en marcha de inmediato. La policía llegó antes de que comenzara la operación y Eli se preparó para enfrentarse a los habituales esfuerzos de su madre para evitar que su marido acabara arrestado y procesado. Aristandros pidió hablar con Jane a solas un momento y Eli salió de la habitación, intrigada, pero tan adormecida que agradeció la oportunidad de moverse un poco para despejarse.

Cuando regresó se quedó asombrada al averiguar que, finalmente, su madre estaba dispuesta a presentar cargos contra Theo. También parecía más fuerte, firme y menos temerosa que un rato antes. Mientras operaban a Jane, Aristandros hizo una serie de llamadas.

–¿De qué has hablado con mi madre? –preguntó Eli cuando vio que colgaba el teléfono.

–Quiere cambiar el rumbo de su vida y le he hecho ver que no podrá hacerlo sin denunciar a Sardelos, porque ésa será la única forma de lograr que la deje en paz. También he tratado de hacerle comprender que podría morir a causa de una de sus agresiones. Le he pedido que nos acompañe a Lykos para recuperarse, pero quiere quedarse con tus hermanos hasta sentirse mejor. Los he llamado. No tardarán en llegar.

Eli se sintió decepcionada al averiguar que su madre no iba a acompañarlos a la isla, pero sabía que a Jane le encantaría dedicarse a mimar a sus hijos adultos durante unas semanas. Le asombró que Aristandros hubiera triunfado allí donde ella había fracasado tantas veces. Saber que, finalmente, su padrastro iba a ser acusado supuso un gran alivio para ella.

Permanecieron en el hospital hasta que Jane salió del quirófano y recuperó la conciencia en una habitación del hospital. La operación había sido larga y complicada, pero exitosa.

Eli se quedó dormida en la limusina durante el camino de regreso, y sólo se despertó cuando Aristandros la dejó sobre la cama.

–Te has comportado maravillosamente con mi madre esta noche –murmuró, adormecida–. La verdad es que no lo esperaba.

–No siempre soy el miserable que me consideras –replicó Aristandros con calma.

Eli contempló un momento su duro y atractivo rostro.

–No soy ninguna estúpida, Ari –murmuró–. Los leopardos nunca pierden sus manchas.

Capítulo 9

LA ISLA de Lykos había sufrido pocos cambios desde la última vez que Eli había estado en ella, siete años atrás. La escasa población de la isla habitaba en un pequeño pueblo de casitas blancas y azules que ascendían en hileras regulares por la ladera de una colina. En la plaza principal había una iglesia coronada por un campanario. Más allá del pueblo se extendían las verdes colinas de la isla, tachonadas de olivos y cipreses.

–La última vez que estuvimos aquí me dijiste que querías casarte en un iglesia como ésa –murmuró Aristandros.

–¿En serio? –de pie junto a la barandilla de cubierta mientras el yate atracaba, Eli aún se sentía adormecida por la falta de sueño de la noche anterior. Aquel recordatorio estuvo a punto de hacer que se atragantara con el café que estaba tomando para despejarse–. No lo recuerdo.

–Me gustaba que no te molestaras en sopesar cada palabra que decías cuando estabas conmigo. Mis padres se casaron aquí, en la iglesia de Ayia Sophia. A mi madre también le gustó la idea.

–Lykos pertenecía originalmente a su familia, ¿no?

–Sí. Fue hija única y supuso una gran decepción para su familia de armadores, que habrían querido tener un hijo varón.

–Recuerdo su retrato en la casa. Era una mujer muy guapa.

–Aún conserva el título de ser la mujer más vanidosa que he conocido –comentó Aristandros con ironía–. En muchos aspectos, tuvo suerte de morir joven. No habría sido capaz de enfrentarse al envejecimiento.

Eli pensó que era triste que Aristandros pudiera sentirse tan desapegado del recuerdo de su madre, un hábito probablemente adquirido como medio de autoprotección cuando era niño y vivía bajo la tutela de dos padres irresponsables que se negaban a crecer y a comportarse como adultos. Demasiado parecidos como para soportarse mucho tiempo, sus padres se divorciaron cuando él tenía cinco años.

Doria Xenakis era una bella y rica joven obsesionada por convertirse en una actriz famosa. Mientras se dedicaba a recibir interminables clases de interpretación y a organizar constantes fiestas para entretener a las celebridades, Aristandros fue seriamente desatendido. En dos ocasiones tuvo que ser apartado por trabajadores sociales de la custodia de sus padres. Doria acabó muriendo a causa de una sobredosis a los treinta años, y sólo era recordada en el mundo del cine por haber interpretado alguna de las peores películas jamás rodadas. El padre de Ari, Achilles Xenakis, un empedernido mujeriego, bebedor y jugador, murió tras sufrir un accidente con una lancha fuera borda. Tras quedar huérfano a los catorce años, Aristandros se trasladó a vivir con su abuelo Drakon.

Eli, Callie y Aristandros subieron a uno de los coches que aguardaban en el puerto mientras el equipaje era cargado en otro. Eli volvió la mirada hacia el mar y la vacía playa de arena que rodeaba casi la mitad de la isla.

—¿Sigues tratando de mantener alejados a los turistas? —preguntó.

—¿Por qué iba a querer compartir el paraíso?

—Sería la mejor forma de revitalizar la economía de la isla y de conseguir que los jóvenes se quedaran. Algún pequeño negocio turístico cercano al pueblo no tendría por qué interferir con tu intimidad.

—Recuérdame que te mantenga alejada del ayuntamiento. Te elegirían alcaldesa de inmediato —dijo Aristandros con una sonrisa irónica—. En los últimos años he traído varios negocios a la isla para generar empleo, y la población está creciendo sin necesidad de turismo y los problemas que acarrea.

Eli sonrió.

—Estoy segura de que sabes mejor que nadie lo que mejor funciona en tu pequeño reino.

—No veo la isla como mi reino —replicó Aristandros, molesto.

—No pretendía polemizar —dijo Eli sin demasiada convicción.

—Mentirosa. Siempre te ha gustado discutir conmigo, *moli mou*.

—No te conviene que todo el mundo te siga la corriente. Te rodean demasiadas personas que consideran brillante cada uno de tus actos.

—Normalmente lo son. Así es como gano tanto dinero.

Eli sonrió involuntariamente, pues la seguridad en sí mismo de que hacía gala Aristandros era inmensa y constante. Contempló la villa a la que se acercaban, situada en una colina rodeada de cipreses.

—Tengo un proyecto para ti mientras estamos aquí —dijo Aristandros tras saludar al personal de servicio, que se había reunido en el vestíbulo de la villa para darles la bienvenida–. Quiero que redecores la casa y la saques de este decadente estilo de los ochenta. Más que una casa parece un estudio de rodaje.

No había duda de que la gran pantalla había inspirado a la madre de Aristandros para decorar la villa opulentamente, con suelos y columnas de mármol. Su retrato aún adornaba una de las paredes principales del vestíbulo, así como varias fotos suyas tomadas junto a actores famosos.

Aristandros apenas se parecía a su madre, pero sí a su padre, aunque era mucho más guapo. Con el paso de los días, Eli se había ido haciendo más y más consciente de su atractivo e inteligencia.

Se ruborizó al ver que Aristandros la había sorprendido mirándolo con expresión embobada y salió rápidamente a la terraza mientras se preguntaba si su amiga Lily estaría en lo cierto; ¿sería realmente posible que no hubiera llegado a superar realmente su enamoramiento de Aristandros? ¿No le había bastado con la decepción que se llevó siete años atrás? La posibilidad de que aquello fuera cierto le hizo sentirse abrumada, pues le gustaba verse como una persona sensata y razonable.

–Dentro de tres semanas asistiremos a una importante gala benéfica de la Fundación Xenakis. Tendrás que vestir formalmente –dijo Aristandros.

Eli reprimió un suspiro.

–¿Dónde tendrá lugar?

–En Atenas.

Eli se ocupó de llevar a Callie a su dormitorio, que la niña veía claramente como su hogar. Tras dejarla dormida, bajó a cenar con Aristandros en la terraza.

–Apenas llevo dos semanas contigo y ésta va a ser la sexta cama en la que me acuesto –comentó tras tomar un sorbo de vino.

Aristandros se encogió de hombros.

–El cambio es estimulante.

–Sé que no quieres oír esto, pero...

–Entonces no lo digas.

–No es justo para Callie –dijo Eli, haciendo caso omiso del consejo de Aristandros–. Necesita sentir que tiene un hogar.

–No suelo llevarla trotando por el mundo como he hecho últimamente –admitió Aristandros–. Normalmente está aquí.

Eli sintió una punzada de culpabilidad.

–Está viajando tanto porque ahora estoy contigo y tú sabes que quiero estar con ella –murmuró.

–Somos el trío perfecto –bromeó Aristandros–. Hay que ser prácticos.

Eli jugueteó con la comida de su plato mientras pensaba que lo que más necesitaba Callie en aquellos momentos era estabilidad y rutinas.

Aristandros tomó un sorbo de vino con expresión pensativa.

–La próxima semana tengo un viaje de negocios. Tú puedes quedarte aquí con la niña.

–Estupendo –Eli sabía que le estaban dando un premio de consolación, pero no pudo evitar preguntarse si el repentino afán de Aristandros de dejarla allí tendría que ver con el hecho de que empezara a aburrirse de ella. ¿Y por qué no?, se preguntó a sí misma. Dos semanas eran tiempo suficiente para que Aristandros se aburriera de una mujer. ¿Pero cómo se sentiría ella si era cierto que estaba perdiendo interés?

Hizo un esfuerzo por apartar aquel inquietante pensamiento de su mente y, después de comer, llamó a su madre, que seguía en el hospital. Jane se hallaba más animada. Stavros y Dmitri habían ido a visitarla y le habían dicho que su padre había sido arrestado y acusado formalmente. Liberada del temor de la violencia de su marido, Jane había decidido acudir a un abogado.

–Mamá se está enfrentando a la situación mucho mejor de lo que pensaba –comentó Eli a Aristandros cuando éste salió del baño al dormitorio con tan sólo una toalla en torno a la cintura. No pensaba añadir que su madre pensaba que lo había juzgado mal siete años antes y que de pronto se había convertido a sus ojos en un caballero de brillante armadura que merecía todas sus alabanzas.

–Espero que eso le dé ánimos para iniciar una nueva vida. Sardelos había absorbido toda su energía.

Eli se estremeció bajo el camisón verde esmeralda que vestía.

–Yo sólo era una niña cuando se casaron, pero aún recuerdo lo animosa y alegre que era mi madre antes de conocerlo. Sardelos la convirtió en su felpudo.

–Algo que tú nunca llegarás a ser.

Mientras observaba a Aristandros, Eli sintió que todo su cuerpo se acaloraba. Aquel hombre le hacía sentirse como una adolescente... una adolescente encaprichada que se estremecía y ruborizaba cada vez que la miraba.

–A veces me enfadas mucho.

Aristandros sonrió traviesamente y el corazón de Eli latió al instante con más fuerza.

–Tú haces que mi sangre arda por motivos muy distintos, *khriso mou*.

Por primera vez, Eli tomó la iniciativa. Se acercó a Aristandros y se pegó a su duro y poderoso cuerpo. La inmediata evidencia de su excitación, y la conciencia de ser ella la causa, le produjo una embriagadora sensación de poder. Aristandros le hizo entreabrir los labios e introdujo la lengua lenta y profundamente en su boca. Eli sintió que se derretía a la vez que un lánguido calor emanaba de entre sus muslos. Retiró la toalla de la cintura de Aristandros y lo miró mientras deslizaba una mano por la impresionante y tensa longitud de su erección.

–No hay esperanza para ti en el terreno del libertinaje –murmuró él con voz ronca–. Aún te ruborizas.

–¡Cómo no voy a ruborizarme si no paras de hacerme comentarios como ése!

–En ese caso... déjame sin aliento, *moli mou*.

Y así lo hizo Eli, que se arrodilló ante él para emplear sus manos y su sensual boca en la tarea que se había propuesto. Utilizó su conocimiento del físico masculino y su aún más íntima conciencia de lo que le daba placer a Aristandros para alcanzar su meta. El cuerpo de éste empezó a temblar bajo sus caricias, hasta que, sin previo aviso, la tomó por los hombros y le hizo erguirse para empujarla sin ceremonias hacia la cama.

–¡Me vuelves loco de deseo! –dijo con voz ronca a la vez que le hacía separar los muslos para penetrarla.

Le hizo el amor con una pasión que casi hizo perder el sentido a Eli. Después permaneció como en una nube entre sus brazos, disfrutando de los mágicos momentos de indolencia que siguieron a su explosiva liberación. Cuando él le acarició con delicadeza el rostro para luego besarla en la frente, Eli pensó distraídamente que el bien y el mal, lo correcto y lo incorrecto, ya no parecían tan bien definidos en su mente.

En ciertos aspectos ya no podía contener lo que estaba sintiendo, y ni siquiera estaba segura de que tuviera mucho sentido contenerse mientras viviera con Aristandros y Callie. Encontraba irresistible a Aristandros en el terreno sexual, pero el poder que empezaba a ejercer sobre ella iba mucho más allá. Se sentía posesiva y se había encariñado de él como no lo había hecho de ningún otro hombre en su vida. Sin embargo ya no era el joven del que se enamoró. Había cambiado a lo largo de los siete años transcurridos desde entonces. Era más duro, más cínico y contenido, y estaba dispuesto a hacer lo que fuera necesario para conseguir lo que quería. ¿Era una tontería por su parte sentirse especial por el hecho de que hubiera llegado a los extremos que había llegado para volver a recuperarla? ¿Y qué había pasado con la firmeza de sus propias convicciones morales?

Por la mañana despertó temprano al sentir las punzadas de un conocido y ligero dolor en la parte baja de su vientre. Se levantó y fue al baño para comprobar si sus sospechas eran ciertas. Como había pensado, no estaba embarazada, y había llegado el momento de empezar a tomar la píldora.

Cuando regresó al dormitorio, Aristandros seguía dormido. Eli no pudo evitar estremecerse al pensar en cómo habría reaccionado ante un embarazo no deseado. Le gustaba controlarlo todo, pero ella no habría podido permitirle que ejerciera su influencia en aquel asunto... de manera que se alegraba se que no hubiera llegado a plantearse el problema.

–Humm... –Aristandros giró en la cama, apoyó una

mano en el estómago de Eli y luego la deslizó hasta uno de sus pechos con un suspiro de satisfacción masculina–. Eli...

–No estoy embarazada –dijo Eli sin preámbulos.

Aristandros se despejó al instante, como si acabaran de arrojarle un cubo de agua fría.

–¿Estás segura?

–Totalmente.

La expresión de Aristandros se tensó visiblemente.

–Yo me habría ocupado de ti. No tenías por qué haberte preocupado por eso.

–Ya tenemos suficientes problemas como para añadir uno más.

–¿Sigues sin querer tener hijos?

–Yo no he dicho eso.

–Simplemente no los quieres tener conmigo, ¿no? –dijo Aristandros en tono irónico a la vez que salía de la cama–. Necesito una ducha.

Eli estaba desconcertada por su comportamiento.

–Había supuesto que considerarías un desastre que me quedara embarazada y que me pedirías que abortara. Me dijiste que no querías un hijo.

Aristandros se volvió a mirarla desde el umbral de la puerta del baño y se encogió de hombros.

–Después pensé en ello y decidí que tampoco tenía por qué ser un problema. Seguro que a Callie le encantaría tener un compañero de juegos. No se me habría ocurrido sugerirte que abortaras. El principal motivo por el que mi padre se divorció de mi madre fue porque mi madre quiso abortar cuando se quedó embarazada de mí. La detuvo cuando ya iba camino de la clínica. Algo así te da una perspectiva distinta respecto a un embarazo accidental.

Conmocionada por lo que acababa de escuchar, Eli asintió lentamente.

—Supongo que sí.

Trató de ordenar sus pensamientos. Aristandros la desconcertaba cada vez que creía tenerlo encasillado. Pero tendría que haberse mostrado mucho más entusiasta y habrían tenido que hablar del asunto con antelación antes de que ella hubiera podido permitirse lamentar el hecho de no haberse quedado embarazada.

Eli paseó en torno al edificio en el que estaba la consulta del médico y las salas de emergencia que Aristandros había hecho erigir a las afueras del pueblo. Era el sueño de un médico rural, pero, al parecer, ya habían pasado por allí dos médicos que acabaron por marcharse, aburridos a causa de la falta de vida social de la isla y el inconveniente de tener que subir a un ferry cada vez que querían acudir a visitar a sus familiares y amigos. Debido al escaso número de pacientes el trabajo sólo era a tiempo parcial, y a Eli le habría encantado poner su nombre en la entrada de la consulta.

—Sería un honor tenerla aquí —le aseguró Yannis Mitropoulos, el alcalde del pueblo, que le había enseñado las instalaciones tras verla mirando por la ventana de la consulta con expresión nostálgica.

—Desafortunadamente, en la actualidad no estoy buscando un trabajo —dijo Eli, incómoda.

Aristandros había dedicado dos días a enseñarle la isla y a presentarle a varios de sus habitantes, pero no le había enseñado las instalaciones médicas, ni le había dicho que el puesto estaba vacante. Eli lo había averiguado cuando había bajado a pasear por el pueblo con Callie. Mientras disfrutaba de una bebida en la taberna se había visto poco a poco rodeada de gente esperanzada buscando consejo médico.

A pesar de todo, a lo largo de sus dos primeras semanas de estancia Eli se había asentado felizmente en Lykos. Aristandros había salido en dos ocasiones de viaje y ella se había sentido consternada al descubrir que lo echaba de menos cuando no lo tenía cerca.

No le había quedado más remedio que aceptar que en el fondo lo amaba, y probablemente más que siete años antes, lo que resultaba irónico, especialmente teniendo en cuenta las circunstancias de su convivencia.

Aunque pensaba que Aristandros estaba siendo totalmente egoísta e irrazonable al negarse a permitirle seguir con su vocación médica, empezaba a sospechar que valoraba por encima de todo el ser el centro de su mundo, la única persona en la que tenía que pensar aparte de Callie. Era tan posesivo como ella, y parecía tan poco dispuesto a compartirla como ella a él.

También era cierto que Aristandros estaba aprendiendo a querer y cuidar a Callie, lo que resultaba bastante entretenido de observar. Era evidente que disfrutaba cuando la niña corría a saludarlo y le abrazaba las piernas. Su inocencia y muestras de afecto hacían salir a Aristandros de su concha de cinismo, y lo volvían más paciente y menos impulsivo.

A Eli ya no le importaba que Aristandros la hubiera atado con un acuerdo legal escandaloso. Sabía que al firmar había aceptado un camino largo y comprometido, y empezaba a soñar que él hubiera hecho lo mismo. Se sentía más feliz con él de lo que jamás habría esperado. El regalo de un piano de cola había sido el que más había agradecido hasta la fecha. Podía disfrutar tocando y ya estaba deseando empezar a enseñar a Callie. También le había hecho otros muchos regalos, como bolsos, perfumes, e innumerables vestidos, pero lo cierto era que, a pesar de que Aristandros ya se había acostumbrado a verla sin maquillaje y con sus habituales vaqueros y camisetas, no parecía haber perdido ni un ápice de su deseo por ella.

Su madre había ido a visitarla con sus hermanos y Aristandros había tenido un comportamiento exquisito con ellos. Incluso había llevado por propia iniciativa a sus hermanos, que no eran precisamente la alegría de la fiesta, a navegar y a pescar. Eli le estaba agradecida por ello, pues su familia había acabado por aceptar su relación, lo que hacía las cosas más fáciles.

En cuanto al mayor problema de su relación, la falta de compromiso por parte de Ari, Eli había llegado a convencerse de que tenía la solución. Si sus relaciones sexuales seguían siendo buenas, Ari no tendría motivos para buscarlas en otro lado... Pero se despreciaba a sí misma por pensar de ese modo y por estar dispuesta a aceptar aquellos límites. Su orgullo le decía que merecía más, pero su mente le decía que ya tenía todo lo que podía esperarse de Aristandros Xenakis en términos de atracción, atención y tiempo. Incluso la prensa empezaba a hablar de la relajada vida que el conocido armador estaba llevando últimamente.

En honor a la gala benéfica a la que iba a asistir aquella tarde, Eli había acudido a Atenas a comprar un maravilloso vestido y había prometido ponerse el collar de zafiros y los pendientes a juego. Aristandros había volado a la capital la noche anterior.

En cuanto regresó a la isla, Eli se maquilló y peinó

para la gala. Estaba admirando su peinado en el espejo cuando Ianthe, el ama de llaves, acudió a su dormitorio para decirle que Yannis Mitropoulos, el alcalde, había llamado para pedir si podía acudir a ver a su hija, que estaba embarazada y no se encontraba bien.

Eli no perdió un segundo en acudir junto a la embarazada acompañada de Ianthe. Grigoria era una madre primeriza en su octavo mes de embarazo de gemelos. Su marido estaba en el ejército y se hallaba fuera en una misión. Grigoria estaba casi histérica y se aferró a Eli con tal fuerza que hubo que sujetarla para poder examinarla. Lo que Eli averiguó tras el examen médico al que la sometió no era bueno. Tenía la tensión muy alta y las manos y los pies hinchados, condición que resultaba especialmente grave porque además era diabética.

Eli dijo a Yannis que necesitaban un helicóptero ambulancia, pues estaba convencida de que su hija sufría de preclamsia y debía acudir urgentemente a un hospital. Tras localizar el más adecuado, llamó para explicar la situación y habló con el ginecólogo de guardia para pedir consejo.

—¿Vendrá conmigo? —preguntó Grigoria, que se había aferrado de nuevo a su brazo y no quería soltarla.

—Le estaría eternamente agradecido si lo hiciera —añadió Yannis, que liberó a Eli de la mano de su hija y, en un aparte, le contó que su esposa tuvo que hacer en una ocasión aquel mismo viaje, posiblemente por los mismos motivos, y murió poco después de dar a luz a Grigoria.

Eli estaba asintiendo cuando Ianthe le recordó su compromiso para acudir a la ópera. Frunció el ceño un momento, pensativa, pero enseguida buscó una forma de estar virtualmente en dos sitios a la vez, pues ambos estaban en la ciudad. Decidida a quedarse con Grigoria, dio instrucciones a Ianthe para que hiciera enviar el vestido y las joyas a la casa de Ari en Atenas, donde podría acudir a cambiarse rápidamente tras salir del hospital.

El vuelo en el helicóptero ambulancia fue tenso; Grigoria sufría fuertes dolores y su estado empeoraba. Fue un alivio llegar al hospital. Preocupada por el estado de su paciente, Eli no volvió a pensar en la gala benéfica hasta que las gemelas de Grigoria se encontraron a salvo en el mundo tras una cesárea. Hasta que no se aseguró de que Grigoria estaba recibiendo el tratamiento más adecuado no pensó en que ni siquiera había tratado de ponerse en contacto con Aristandros para decirle dónde estaba. Agobiada, pues era consciente de lo mucho que le importaba aquella gala benéfica, le envió un mensaje de texto disculpándose humildemente. No se molestó en tratar de explicar lo sucedido y prometió reunirse con él en el entreacto de la ópera.

Tomó rápidamente un taxi y llamó a Ianthe para asegurarse de que había enviado el vestido. Tras confirmarlo, empezó a preocuparse por la reacción de Aristandros. No había respondido a su mensaje, lo que podía indicar que estaba furioso.

Para cuando el taxi se detuvo ante la impresionante villa, Eli estaba muy tensa, porque iba a contrarreloj y las cosas no fluían con la velocidad necesaria. Llamó al timbre y unos momentos después le abrió el ama de llaves. Su consternada expresión bastó para hacer comprender a Eli que su llegada había sido totalmente inesperada. Pasó rápidamente junto a la mujer murmurando una explicación y subió rápidamente las escaleras al dormitorio principal, donde suponía que le aguardaba el vestido. Pero se detuvo sorprendida en el umbral al ver unas cuantas prendas femeninas dispersas por el suelo. Frunció el ceño al fijarse en un sujetador negro de encaje y unas braguitas a juego, y se preguntó a quién podían pertenecer. Pero no tuvo que preguntárselo mucho tiempo.

El misterio quedó rápidamente resuelto cuando se abrió la puerta del baño y una preciosa rubia apareció en el umbral con una toalla en torno a su escultural cuerpo.

Habría sido difícil decir cuál de las dos mujeres se sintió más perpleja por el inesperado encuentro.

—¿Quién es usted? ¿Y qué hace aquí? —preguntó Eli.

La rubia le dirigió una mirada retadora.

—Ya que yo he sido la primera en llegar, podría hacerle la misma pregunta.

Eli sintió que se le encogía el estómago a la vez que su frente se cubría de sudor. Se preguntó si sería la única mujer del mundo lo suficientemente estúpida como para preguntar a una belleza semidesnuda qué hacía en el dormitorio de su amante. A fin de cuentas, la respuesta era tan obvia que la pregunta no era necesaria. En un intento de salvaguardar su dignidad, Eli se retiró de espaldas hacia la puerta. Le resultaba casi imposible apartar su asombrada mirada de la otra mujer. No quería hacer comparaciones, pero su mente hizo caso omiso de sus deseos: ella era mayor, menos curvilínea, y su piel no era tan lozana. Hizo un esfuerzo por apartar aquellos absurdos pensamientos, giró sobre sus talones y se dirigió hacia las escaleras a tal velocidad que estuvo a punto de tropezar.

–Doctora Smithson... –balbució el ama de llaves con ansiedad al ver que Eli abría la puerta de la calle–. Lo siento, pero no sabía que iba a venir...

–No se preocupe. Estoy bien –dijo Eli, que no quería enfrentarse al evidente bochorno de la buena mujer.

Se fue a toda prisa, como empujada por un vendaval, con la mente en blanco. No sabía lo que estaba haciendo ni adónde iba. La conmoción había anulado sus pensamientos, y el temor al dolor que podían causarle la estaban protegiendo de ellos.

Aristandros tenía otra mujer. ¿Pero qué esperaba? ¿Acaso había llegado a creer de verdad que Aristandros se había convertido de pronto en un hombre monógamo por el hecho de estar con ella? Nunca le había prometido que iba a serle fiel. De hecho, se había molestado en dejar aclarado en su acuerdo que no iba a prometerle tal cosa. Por lo que ella sabía, podía tener varias mujeres por todo el mundo dispuestas a acudir a su llamada cuando le apeteciera un poco de variedad.

Aristandros había acudido a sus oficinas en Atenas aquella mañana y, tras terminar el trabajo del día, había ido a su casa con la belleza rubia que Eli había encontrado en su dormitorio y se había acostado con ella...

Se estremeció al imaginar al ama de llaves contándole a Aristandros lo sucedido. Al ver un autobús que se detenía a poca distancia, corrió a tomarlo. Le daba igual adónde fuera, mientras la alejara de las cercanías de la villa.

El móvil vibró en su bolso y, sin molestarse en mirar el mensaje, lo apagó. No estaba de humor para tratar con Aristandros.

Ocupó un asiento en la parte trasera del autobús y su cuerpo se balanceó al ritmo de las curvas que iba tomando. ¿Por qué estaba tan conmocionada si Aristandros sólo había hecho lo que siempre había resultado natural para él?

Si un hombre había buscado siempre la diversidad y excitación de otras parejas sexuales, no era probable que fuera a cambiar. Y estaba segura de que, si se lo preguntaba, Aristandros sería sincero con ella.

Se sintió como si estuviera cayendo a un abismo al imaginarlo siendo hasta aquel punto sincero con ella. Cualquier admisión de infidelidad por su parte cortaría como una cuchilla y dejaría unas cicatrices que la perseguirían toda la vida. Su peor pesadilla era, y siempre lo había sido, imaginar a Ari en brazos de otra mujer.

¿Pero qué mujer en su sano juicio podría haberse enamorado de Aristandros Xenakis con la esperanza de un final feliz? Muchas lo habían intentado y habían fracasado. Sin embargo, ella seguía loca por él. A pesar de lo que amaba su profesión y los retos que suponía, su ejercicio no le había proporcionado nunca la felicidad, la excitación y la satisfacción que le proporcionaba Aristandros con su mera presencia.

Bajó del autobús en la terminal con las mejillas húmedas por las lágrimas. ¿Qué estaba planeando? ¿Huir y dejar atrás a Callie? Aquella opción estaba totalmente fuera de lugar. Pasara lo que pasase con Aristandros, no pensaba renunciar a su pequeña.

Pero necesitaba unas horas para recuperar la compostura antes de enfrentarse de nuevo a él. Caminó largo rato antes de detenerse ante un pequeño hotel. Cuando pidió una habitación notó la mirada de curiosidad de la recepcionista, y cuando se miró en el espejo del baño de su habitación hizo una mueca horrorizada al comprobar el estado de su maquillaje. Tras lavarse, conectó de nuevo su móvil, que sonó unos instantes después.

–¿Dónde diablos estás? –espetó Aristandros sin preámbulos.

–Siento no haber podido acudir a la gala, pero esta noche necesitaba un poco de espacio...

–¡No! –bramó él–. ¡Nada de espacio! ¿Dónde estás?

–En un pequeño hotel que seguro que no conoces. Necesito estar sola un rato –murmuró Eli mientras se preguntaba cómo iba a poder soportar volver a estar con él siendo consciente de sus infidelidades.

–No puedes dejarme plantado en ninguna circunstancia. No pienso tolerarlo.

–No voy a dejarte plantado... –Eli concluyó sus palabras con un incontenible sollozo.

–Eli... –murmuró Aristandros.

Eli cortó la llamada antes de que su alterado estado emocional la indujera a decir más de lo que debía. Pero Aristandros no tardaría en averiguar que había conocido a su mujerzuela... ¿Pero por qué calificarla de mujerzuela sólo porque se hubiera acostado con él? A fin de cuentas, Aristandros y ella no estaban casados.

Temblorosa, se sentó en el borde de la cama. Como siempre había temido, su amor por Aristandros estaba destruyendo su fuerza y autoestima, cuando sólo debería estar pensando en Callie. Debía encontrar como fuera alguna forma de salir de aquel atolladero, porque no podía fiarse de que Aristandros estuviera dispuesto a hacer aquel esfuerzo.

Casi una hora después dio un respingo cuando llamaron a la puerta. Se levantó para abrir, pero mantuvo la cadena puesta.

Capítulo 10

—ABRE la puerta, Eli —ordenó Aristandros con aspereza.

Asombrada por su repentina aparición, Eli hizo lo que le decía.

—¿Cómo has averiguado dónde estaba?

Aristandros la miró de arriba abajo con el ceño fruncido.

—Hice instalar unos dispositivos de seguimiento en tu móvil y en tu reloj. Ha sido fácil localizarte.

—¿Dispositivos de seguimiento? —repitió Eli, perpleja.

—Una simple precaución por si trataran de secuestrarte. Soy un hombre muy rico y es posible que alguien quisiera hacerlo para pedir un rescate.

—¿Y por qué no me lo habías dicho? —preguntó Eli, incrédula y enfadada.

—No quería asustarte. Pero tampoco pienso disculparme por ello —añadió Aristandros con agresividad—. Necesito asegurarme de que estás a salvo. Es mi responsabilidad protegerte.

—Un dispositivo de seguimiento... —murmuró de nuevo Eli—. Como si fuera una posesión... un coche robado, o algo parecido.

—Eres mucho más importante para mí que eso. No me había dado cuenta hasta que has desaparecido esta noche... ¡y te aseguro que me has hecho pasar un auténtico infierno durante unas horas!

—¿En serio? —preguntó Eli, pálida.

—¿Por qué no me has llamado desde el hospital? ¡Podrías haberme advertido de lo que sucedía en lugar de desaparecer como si yo no existiera! Ianthe no estaba en casa y los demás empleados del servicio doméstico sólo sabían que habías ido a algún sitio con ella. Estaba muy preocupado por ti...

—¿Por qué? ¿Qué podría haberme pasado en la isla? —Eli apenas podía creer que estuviera logrando mantener la calma.

Aristandros la miró como si hubiera hecho la pregunta más estúpida del mundo.

—Podrías haber tenido un accidente. He sabido que algo iba mal cuando no has aparecido en la ópera, porque siempre sueles tener un comportamiento muy responsable.

—Oh...

—Afortunadamente, Yannis me ha llamado después de que te has ido del hospital para contarme lo maravillosa que has sido con su hija. Pero luego no has aparecido por la casa de Drakon.

—¿Por la casa de Drakon? ¿Y para qué iba a ir a casa de Drakon? —preguntó Eli, perpleja.

—Allí fue donde hiciste enviar el vestido.

—Ianthe se ocupó de enviarlo... —dijo Eli, indecisa—. Supuse que lo había enviado a tu villa de Atenas.

—Ianthe sabía que tenía un montón de invitados alojados en ella esta semana, de manera que no lo habría enviado allí.

—¿Invitados? —repitió Eli débilmente.

—Tengo entendido que has conocido a una de mis invitadas.

De pronto, el ambiente se volvió tan tenso que casi habría podido cortarse con un cuchillo.

–¿Eso era la joven que he conocido... una invitada? –Eli alzó la barbilla en un gesto involuntariamente retador.

–De manera que sí has sacado la peor conclusión posible –dijo Aristandros con un gesto de evidente desaprobación–. Eda es mi prima, la hija de la hermana más joven de mi padre.

Eli frunció el ceño.

–¿Estás diciendo que Eda es la chica con la que me he topado? ¿Y que es pariente tuya? Si eso es cierto, ¿se puede saber qué hacía en el dormitorio principal de la casa?

–No tengo ni idea. Sus padres la han dejado en la villa porque se ha negado a acudir a la ópera. Al parecer es una jovencita difícil y muy mimada. Puede que quisiera utilizar el jacuzzi, o que estuviera explorando la casa. ¿Cómo voy a saberlo? Puedes preguntárselo mañana, cuando la conozcas.

–¿Voy a conocerla?

–Mañana voy a organizar una fiesta para mis parientes en la isla.

Al comprender que había interpretado mal la presencia de la joven en la villa, Eli sintió una repentina debilidad.

–¡Cielo santo! –murmuró–. Pensaba...

Aristandros la tomó de las manos y la atrajo hacia sí. La miró con expresión de reproche.

–Sí, enseguida has asumido que te estaba engañando con una jovencita de dieciséis años.

–¿Sólo tiene dieciséis?

–Sí, y la verdad es que las prefiero más maduras,

khriso mou –dijo Aristandros con una sonrisa–. Aunque eso hace que tenga que preguntarme por qué estoy contigo, porque a veces pareces reaccionar más como una impulsiva adolescente que como la mujer adulta e inteligente que sé que eres.

Los ojos de Eli se llenaron de lágrimas y parpadeó varias veces mientras bajaba la mirada hacia sus manos unidas.

–Su ropa interior estaba dispersa por el suelo. Sólo llevaba puesta una toalla. Pensé que habías estado con ella...

–No he estado con ninguna otra mujer desde que regresaste a mi vida –dijo Aristandros con firmeza.

Eli sintió tal alivio al escuchar aquello que no pudo contener un sollozo.

–Pero el acuerdo que firmé decía...

–Sólo me estaba golpeando el pecho como un gorila para asegurarme de que sentías algún respeto por mí –admitió Aristandros–. Ahora me gustaría ir a casa. Sé que es tarde, pero el helicóptero nos espera y estoy deseando volver a la isla esta noche.

–De acuerdo –susurró Eli a la vez que asentía. El temor y la tensión que había experimentado empezaban a abandonarla poco a poco. No había otra mujer en la vida de Aristandros. No había estado con ninguna otra desde que ella había vuelto a su lado. Su mundo volvía a tener horizontes y posibilidades, pero casi temía aceptar aquel hecho.

–Estás realmente conmocionada –dijo Aristandros al ver que Eli se estremecía. Pasó un brazo por sus hombros y salieron de la habitación–. Debería estar gritándote por haber pensado lo peor de mí y por haberme hecho pasar una tarde diabólica.

—Lo siento —murmuró ella en el ascensor. Quería apoyarse contra él, pero no se permitió aquel acto de debilidad femenina.

—Nunca vas a confiar en mí, ¿verdad? ¿Por qué siento que estoy pagando por los pecados de tu padrastro?

Ya en la limusina que aguardaba fuera del hotel, Eli sintió que había vuelto a estropear las cosas. Un incontenible sollozo escapó de su garganta.

—Vamos, no seas tonta —dijo Aristandros a la vez que la estrechaba entre sus brazos con tal fuerza que casi la dejó sin aliento—. No tienes motivos para llorar.

—Puede que haya sido una estúpida... ¡pero estaba convencida de que te habías acostado con ella! —Eli volvió a sollozar—. No sabía qué hacer porque no quería renunciar a Callie... ¡no podía!

Aristandros la apartó un momento de su lado para mirarla.

—Eso es algo por lo que no tendrás que volver a preocuparte.

—¿Qué quieres decir?

—Quiero demasiado a Callie como para utilizarla para controlarte. Tenías razón. No debería haberla implicado en nuestro acuerdo. Eso fue inexcusable —dijo Aristandros, muy serio—. Suceda lo que suceda entre nosotros, compartiré la custodia de Callie contigo. Es obvio que la quieres y que ella te quiere a ti, y he comprobado lo bien que se encuentra bajo tus cuidados. Nunca trataré de separarte de ella y siempre contaréis con mi apoyo económico.

Eli estaba asombrada por lo que acababa de escuchar y por la convicción y firmeza del tono de Aristandros.

—¿Por qué me dices eso ahora? ¿Por qué has cambiado de opinión después de hacerme firmar ese ignominioso acuerdo?

–Reconozco que lo que hice estuvo mal de principio a fin; utilizar a Callie como cebo para atraparte, forzarte a firmar el acuerdo... Drakon tenía razón en lo que dijo, y ni siquiera conoce la mitad de mis imposiciones. Y lo peor es que, incluso mientras lo hacía, sabía que lo que estaba haciendo estaba mal... –Aristandros bajó la cabeza, apesadumbrado, algo que Eli jamás le había visto hacer.

–¿Pero por qué? ¿Por venganza? –preguntó, desesperada por entender sus motivos.

Un tenso silencio siguió a sus palabras mientras la limusina entraba en el aeropuerto.

–¿Ari...? –insistió Eli–. Necesito saberlo.

–Me dije que era un mero acto de venganza, pero no era así. La verdad suele hallarse en la respuesta más sencilla, y la respuesta más sencilla es que simplemente te quería, y ese acuerdo te ataba de pies y manos y me aseguraba que no volverías a dejarme. Pero ahora he comprendido que no quiero que sigas a mi lado sólo porque tengo la custodia de tu hija.

–De manera que, si quisiera recuperar mi vida en Londres... –susurró Eli–, ¿dejarías que me fuera y me llevara a Callie conmigo?

–Dejaros ir me mataría, pero no pienso echarme atrás en mi palabra –declaró Aristandros en tono enfático a la vez que el conductor abría la puerta de la limusina.

Caminaron por el aeropuerto en silencio, rodeados por el equipo de seguridad de Aristandros. «Simplemente te quería». Aquellas tres palabras suponían una gran diferencia para Eli, que no dejó de repetirlas en su mente como un mantra de esperanza. A pesar de todas las demás opciones que sin duda había tenido, Aristandros había regresado a su pasado y la había chantajeado para que mantuviera una relación con él. Sin duda había significado mucho más para él de lo que Eli había imaginado. No quería perderla a ella ni a Callie, pero estaba dispuesto a dejarlas ir si eso era lo que ella quería.

Mientras esperaban en la sala VIP, Eli fue muy consciente del intenso escrutinio de Aristandros. Sabía que estaba desesperado por saber qué decisión iba a tomar. Ya no necesitaba quedarse con él para conservar a Callie...

Se encaminaban hacia el helicóptero manteniendo una respetuosa distancia entre ambos cuando Eli alargó repentinamente una mano para tomar la de Aristandros.

–Quiero quedarme contigo –dijo con voz firme.

Aristandros se detuvo al instante para abrazarla y besarla con una pasión que dejó la mente de Eli en blanco. Después, prácticamente tuvo que llevarla en brazos hasta el helicóptero. Eli estaba asombrada por el evidente alivio que había experimentado Aristandros al escuchar sus palabras, y no pudo dudar de su satisfacción cuando le dedicó una sonrisa que hizo que su corazón dejara de latir un instante. Además, no le soltó la mano en todo el vuelo, aunque apenas pudieron hablar debido al ruido del rotor.

Cuando llegaron a la villa, Eli fue rápidamente a la habitación de Callie para ver cómo estaba. Cuando apartó la mirada de la cuna, en la que Callie dormía plácidamente, vio que Aristandros la había seguido.

–Siento haber metido la pata con lo de la gala benéfica –dijo con pesar–. Sé que era algo muy importante para ti. Lamento no haber acudido.

—Es verdad que me has dejado plantado —dijo Aristandros con expresión irónicamente divertida—, pero ya estoy acostumbrado a que me dejes en ridículo delante de mi familia.

Eli parpadeó.

—¿Tu familia?

—Sí. Prácticamente toda la tribu ha asistido a la gala, y pensaba pavonearme contigo delante de ellos.

—¿En serio? —preguntó Eli mientras seguía a Aristandros fuera de la habitación—. ¿Y por qué querías pavonearte conmigo?

—Porque tengo la esperanza de que vayas a casarte conmigo, aunque esta vez no voy a ser tan estúpido como para anunciarlo sin haber aclarado antes las cosas contigo.

Eli abrió los ojos de par en par.

—¿Me estás proponiendo matrimonio... otra vez?

—Una mujer con más tacto habría dejado fuera esas dos últimas palabras —dijo Aristandros mientras salían a la terraza. En la mesa central había una botella de champán y dos copas aguardándolos—. Entonces, ¿lo celebramos o no?

Eli dudó.

—Estoy perdidamente enamorada de ti y, como la otra vez, quiero casarme contigo y estar contigo para siempre. Pero también he pasado una gran parte de mi vida preparándome para ser médico.

—Y puedes seguir siéndolo —Aristandros frunció el ceño ante la conmocionada mirada de Eli—. Estaba siendo muy egoísta, algo que, aunque odie admitirlo, me sale de forma natural estando contigo. Mi madre estaba tan obsesionada con el mundo del cine que apenas le quedaba tiempo para mí. No quiero un matrimonio como ése. Hace siete años me contrarió que fueses médico porque elegiste tu profesión por encima de mí.

Eli permaneció un momento en silencio, pensativa.

–En realidad creo que utilicé mi profesión como excusa para escapar porque, después de experimentar el horrible ejemplo de un padrastro mujeriego como Theo, temía que fueras a hacerme sufrir como él lo hacía con mi madre. Debería haber tenido más fe en ti.

–No pasamos suficiente tiempo juntos –Aristandros alzó la mamo de Eli para ponerle un anillo de compromiso–. Es el mismo diamante que planeaba darte hace siete años.

Mientras contemplaba el anillo, Eli comenzó a experimentar una profunda y cálida sensación de felicidad.

–Entonces éramos demasiado jóvenes –continuó Aristandros–. Si hubiéramos sido más maduros, habríamos intentado buscar una forma de arreglar las cosas a gusto de ambos. En lugar de ello reaccioné superficialmente y perdí el control contigo porque sentí que me habías hecho quedar en ridículo.

–Me rompiste el corazón –confesó Eli, dispuesta a ser totalmente sincera ahora que tenía el anillo en el dedo y un futuro asegurado por delante–. No podía creer que alguna vez me hubieras amado realmente.

–Te quería tanto que a lo largo de estos siete años no he logrado encontrar una sustituta aceptable. Pensaba que contigo podría romper la tradición de malos matrimonios Xenakis.

Eli se acercó a Aristandros y lo rodeó con los brazos por el cuello.

–Eras muy radical respecto a casi todo, y cuando me dejaste no volví a saber nada de ti.

—Tú también me dejaste —le recordó Aristandros—. Entonces era demasiado orgulloso como para ir detrás de ti, aunque cada vez que he ido a Londres desde entonces he sentido la tentación de buscarte.

—Para mí nunca ha habido otro. Jamás he dejado de amarte, aunque no me he dado cuenta de ello hasta hace muy poco.

—Me enamoré de ti en nuestra primera cita. Tu vestido se empapó con el agua del mar y te reíste. Cualquier otra chica de las que conocía se habría enfadado.

—No soy presumida... pero soy una gata celosa —advirtió Eli. La idea de que Aristandros la amaba se estaba volviendo más y más real con cada segundo que pasaba. Sonrió, y pronto descubrió que no podía dejar de sonreír.

—Me he corrido mis juergas, pero no he disfrutado tanto como para querer repetirlo, *agapi mou* —dijo Aristandros con franqueza—. Quería una segunda oportunidad contigo. Quería oírte decir que me habías juzgado mal. Pero cuando me enteré de que tu padrastro tenía la costumbre de golpear a tu madre empecé a comprender por qué parecías tan poco predispuesta a creerme. Cuando montaste esa escenita de celos después de la fiesta en casa de los Ferrand sentí una gran alegría porque eso me demostró que aún sentías algo por mí.

—¿Y qué quieres hacer ahora? —preguntó Eli, insegura.

—Lo que quiero es seguir como estamos. Soy muy feliz contigo. La verdad es que supuso una decepción averiguar que no estabas embarazada. Quiero tener un hijo contigo.

Eli dejó escapar un profundo suspiro y sonrió.

—¿Y cuándo podemos empezar a intentarlo?

Aristandros rió, satisfecho.

–¿Te parecería demasiado pronto esta misma noche?

Eli pestañeó seductoramente.

–No; estoy disponible sin cita previa cuando quieras.

–Debo advertirte que te deseo prácticamente todo el rato, *latria mou* –admitió Aristandros antes de inclinarse para besarla lenta y concienzudamente–. Supone todo un esfuerzo levantarme para trabajar cuando te tengo en mi cama.

–No quiero que te vayas a ningún sitio ahora mismo –confesó Eli a la vez que lo sujetaba instintivamente por las solapas–. Te quiero todo para mí. ¿Nos casaremos en la isla?

–Sí. Y pronto. Después de haber estado comprometido en otra época tan sólo cinco minutos, no creo en los compromisos largos.

–Yo tampoco –dijo Eli casi con fervor, mientras su mente se llenaba de imágenes de vestidos de boda y de Callie acompañada de un hermanito. La perspectiva de todo ello le hizo sentirse tan feliz que temió que su corazón fuera a estallar de alegría.

Catorce meses después, Eli observaba a Kasma mientras ésta metía en la cuna a Nikolos, el hijo y heredero de Ari.

A los tres meses, Nikolos ya estaba dejando entrever rasgos del carácter Xenakis. Era impaciente y gritaba a pleno pulmón si no le daban de comer de inmediato cuando tenía hambre. Adoraba las audiencias de admiradoras femeninas y disfrutaba con su atención.

También había heredado la arrebatadora y carismática sonrisa de su padre.

Aquellos días Drakon Xenakis pasaba más tiempo en Lykos que en Atenas. Estaba encantado con la familia de su nieto. Era lo que él mismo nunca logró conseguir con su esposa, y apreciaba el compromiso y la dedicación que hacían falta por parte de su Eli y de su nieto para que funcionara.

La casa había sido prácticamente renovada siguiendo las instrucciones de Eli y se había convertido en un hogar mucho más práctico y familiar. No había sido fácil seguir allí durante las obras, mientras Eli estaba embarazada, pero con la ayuda de su madre y del servicio, lograron arreglárselas.

Jane se había divorciado. Theo seguía encarcelado por haberla agredido al tiempo que Jane vivía en un apartamento en la ciudad y disfrutaba de un saludable círculo de amigos con quien compartía intereses.

Aristandros estaba viajando menos que antes y pasaba más tiempo trabajando en casa, mientras Eli había aceptado el puesto vacante de médico en la isla, pero se había asegurado de que su trabajo no le robara demasiado tiempo ni energía y, un año después, podía afirmar que había encontrado el equilibrio adecuado. La ayuda en casa había sido muy valiosa, y Callie acudía varias mañanas a la semana a la pequeña guardería de la isla. Aquel invierno toda la familia iba a trasladarse a Atenas para que Eli pudiera seguir un curso de pediatría en el hospital.

Eli se sentía inmensamente feliz. Aristandros y ella habían disfrutado de una maravillosa fiesta de compromiso y la boda que siguió dos meses después fue un sueño hecho realidad. Lily, que había sido su madrina de boda, había solicitado un trabajo en un hospital griego tras conocer a un hombre de negocios griego en la boda.

Eli se quedó sorprendida al quedarse embarazada tan pronto, mientras Ari se limitó a constatar la ilimitada fe que tenía en su propia virilidad.

Al escuchar el sonido del helicóptero acercándose, Eli sonrió y salió a la terraza para verlo aterrizar. Unos minutos después abrazaba a Aristandros.

–¿Qué tal han ido las cosas en Nueva York? –preguntó.

–He tenido una agenda muy ajetreada. Me alegra estar de nuevo en casa con mi preciosa esposa y mis hijos –al ver que Callie corría hacia ellos, Aristandros se agachó y la tomó en brazos con una sonrisa de oreja a oreja. Luego se inclinó hacia Eli y la besó–. Me gusta el vestido que llevas –murmuró roncamente.

Callie rió.

–Papi está hablando como un oso –dijo a la vez que se deslizaba hacia el suelo y salía corriendo de nuevo.

Eli se volvió para que Aristandros admirara el efecto de su breve y rojo vestido girando en torno a sus esbeltas piernas.

–Feliz aniversario –dijo.

–¿Qué hay en la agenda para esta noche?

–Vamos a cenar en el yate y luego pasaremos la noche a bordo para asegurarnos de que no nos interrumpan –dijo Eli animadamente.

Su candor hizo que Aristandros sonriera, divertido.

–Sabes cómo hacerme feliz.

–Eso espero... porque te quiero un montón –confió Eli a la vez que lo rodeaba por el cuello con los brazos.

–Y a mí me encanta que me quieras tanto como yo

a ti –Aristandros la miró con ojos brillantes–. Quiero que sepas que éste ha sido el año más feliz de mi vida, *agapi mou*.

Eli supo que aquélla era una admisión que debía atesorar en su corazón para siempre, y se sintió abrumada por la emoción.

Mientras cenaban en el *Hellenic Lady,* Aristandros le regaló un zafiro montado en un anillo en el que había hecho grabar el nombre de su hijo. Luego caminaron tomados de la mano hasta el camarote principal para disfrutar de una maravillosa noche, sin las interrupciones habituales de los llantos de Nikolos ni las llamadas de atención de Callie.

Pero aquel peculiar silencio acabó por resultarles extraño y, tras un rápido desayuno, volvieron en la lancha a la costa y pasaron el resto del día en la playa como una familia.